夏空に、きみと見た夢

飯田雪子

ハーパー BOOKS+

夏空に、きみと見た夢

プロローグ

ほんの一瞬だけ目が合った、そんな気がした。

登校時間の駅構内は人であふれている。だから、偶然誰かと目が合うことはさしてめずらしくもない。おそらく彼女は、天也《たかや》と目が合ったことなど気にも留めていないだろう。

「おはよう」

彼女はすいと天也の脇を抜けて、後ろにいた女子高生のもとへと向かった。同じ制服。仲のいい友達なのだろう。

降りる駅は同じでも、そこから向かう方角は違う。天也は振り向いて、遠ざかる姿を見送った。

雨降りの朝は薄暗くて、空気はじっとりと湿っている。行き交う人々の表情も明るくはない。

なのに彼女の笑顔はむしろいつもより明るくて、だから彼女のまわりだけ、ぱっと花が咲いているかのようにさえ見えた。誰の視線を集めても、わずかも気にした素振りも見せずに彼女は人波を泳いでいく。普段から人目を惹《ひ》くことに慣れているのだろう。

天也の視線も存在も、彼女にとってはただの景色だ。

それは淋《さび》しいような気もしたが、そのおかげで誰にも咎《とが》められずに彼女を視線で追うことができるのだから、それはそれでうれしいような気もした。複雑だ。


「おはよう、天也」

駅を出て傘をさしたところで、声をかけられた。遼司《りょうじ》だ。

「雨やまねえな。そろそろ夏になってもいいんだけどな」

「梅雨明けにはまだちょっと早いよ」

「俺、雨嫌いなんだよ。鬱陶しくてさ」

「でも、今日はいい日だよ」

「なんで」

「笑顔が見れたし」

天也がそう言うと、遼司は、ふん、と鼻で笑った。言わずとも、相手が誰なのかはすぐに察したのだろう。

「それ雨と関係ないじゃねえかよ」

「関係あるよ。傘が新しかった」

天也はポケットからデジカメを出して、最新の画像を見せた。傘の柄を持つ手のアップだ。閉じられた傘の色はやさしいベビーピンク。彼女にはやや不似合いとも思える色合いだったが、パールの入った色調は、ただやさしいだけではなく高級感もある。

「爪の色が同じだろ？　きっと傘に合わせて塗ったんだよ。新しいお気に入りの傘でさ、だから朝から機嫌がよかった」

「天也、おまえさ」

苦い表情になって、遼司は言う。

「――もうちょっと、マシな写真撮れよ」

好きな女の写真撮るのに顔写さないとか意味わかんねえ。そう言われて、そうかなと天也は返した。

（これはこれで、いい写真だと思うんだけどな）

すんなりと伸びた、美しい白い指先を彩る、淡い色。電車の中では落ちきらなかったのだろう、傘にわずかに残った水滴は、パールとうまく溶け合って、おだやかな輝きを放っている。仮にその爪の持ち主が彼女でなかったとしても、魅力的な光景であることに変わりはない。

日常生活の中で見つけた『いいもの』の写真を撮るのは、趣味というよりはもはや癖のようなもので、ささやかなきらめきはデータとともに蓄積されていく。そしてその中に、彼女を思わせる光景が、ふわりと自然に混ざり込んでいくことがうれしかった。

傘と雨のおかげで、あの笑顔が見られた。だから今日の雨は、特別でとびきりだ。見上げる空は暗くはない。雲は薄くて、雨はさらさらと細い。あの向こうには、もう夏が待ち構えているのだろう。

「俺、今日は日直だから。先に行くぜ」

遼司はひらひらと手を振って、すべるように雨の中へと駆け出した。

天也もゆっくりと横断歩道を渡り始める。

そのとき視界の端に、水飛沫《みずしぶき》を上げながら走る車が映った。

猛スピードの。

急ブレーキの音を聞いたのと、誰かに突き飛ばされたような気がしたのとはほぼ同時だった。

感じたのは痛みよりも衝撃で、持っていた傘がスローモーションのように飛ばされて落ちていく様子だけが、奇妙なほどリアルに瞼《まぶた》に焼きつけられていく。

ごと、と耳もとで嫌な音がした。

後頭部と背中に衝撃。痛み、ではない。ただ衝撃。


（あれ――？）

なんだか変だ、そう思った。身体が動かない。

気づくと天也は地面に横たわって、顔に雨を受けながら空を見上げていた。

もうすぐ雨はやむのだろう。雲の薄い部分は、いまにも陽《ひ》が射《さ》し込んでくるかと思えるほどに明るい。

ああ、夏の光だ。ピンクの傘もいいけれど、彼女にはきっと真夏の青い空のほうがずっと似合う、そんなことを考える。

（ゆ――）

彼女がそこにいるような気がして、口を開いたけれども声にならない。

まだ知り合ってすらいない。人づてに名前を知っていても、一度として呼びかけたこともない。特別な響きは喉の奥でくぐもって、ただ重く胸の奥に沈む。


「天也――!」


悲鳴のような声で、誰かに呼ばれた。同じ学校の誰かなのだろう。そうは思うものの、声の主を見極めようと思っても首をめぐらすことができなかった。突き飛ばされたのではない。どうやら車に撥《は》ねられたらしいぞと、今さらのように気づいた。意識は朦朧《もうろう》として、覗き込んでくる人たちの、その名前を記憶の中に探せない。たしかに知った顔がいくつも混じっているというのに。

そこにいない彼女の名前だけが、頭に浮かんだ。

視界の隅に見え隠れするいくつもの傘の、その中にあのピンク色だけを探していた。

「たか……や……」

呼びかけてくる、その声は遠い。

土砂降りでもないのに喧噪《けんそう》は雨音に消され、そしてそれもやがて遠くなって、何も聞こえなくなる。

雨が――あがったのだろうか？

1

菊が、こんなに薫《かお》る花だとは知らなかった。

てのひらの中でふっくりと咲いた白い花を、悠里《ゆうり》は無言でむしっては、花弁を風に散らしていく。

受け取った花を、棺《ひつぎ》に入れるつもりはなかった。悼《いた》む気持ちなど何もないのに、花を手向けても仕方がない。

それになにより、棺の中を見たくなかった。

「眠っているような顔だよ。見てやって」

交通事故だったというのに、外見的には傷らしい傷はなかったのだという。けれど、どんなに言われても、どうしてもそばに寄る気にはなれなかった。あの中に遺体がある。そう思うだけで足がすくんだ。誰が、わざわざ好きでもない人の死に顔を見たいなどと思うものか。

斎場の前庭のベンチに腰を下ろして、悠里はぼんやりと空を見上げる。まだ梅雨は明けていなかったが、今日の空は抜けるように青い。その中を、薄い煙がたなびいて、遠く霞《かす》んで消えていく。

人を焼いた煙だ、と、それを思うと少しだけ気分が悪くなった。

火葬がすんで、骨揚げが終わるまでは、迎えのバスは来ない。

どれほど引き留められても、告別式だけで帰ればよかった、と悠里は後悔した。いや、それを言うならば、最初から葬式になど参列しなければよかったのだ。

「……何やってんだろう、あたし」

ため息をついて、また花弁をむしる。風に散って花は姿を失い、ただその香りだけを悠里の指先に遺している。

斎場の中の待合室に、悠里の居場所などない。

誰ひとりとして知己のいない葬式で、いったいどんな顔でどこに控えていろというのか。

死んだのは広瀬《ひろせ》天也《たかや》という名の、悠里と同い年の男の子だ。高校三年。どんな理由であれ、死ぬにはまだ若すぎる。

参列者は多かった。同じクラスの子たちは全員来ているのだろうか。別の学校の制服もちらほらと混じっているのは中学時代の友人なのか。誰もが悲痛な表情を浮かべていたし、泣いている人も少なくはなかった。

でもだからといって、一緒に泣けるわけじゃない。

思い出を何ひとつ共有しない悠里が、あの集団に溶け込めるはずがない。悲しみのかけらも持ち合わせていない悠里を、彼らが受け入れるはずもない。それがわかっていて入っていけるほど、悠里は剛胆でも無神経でもない。

かといって、歳の離れた人たちの中に紛れるのも、それはそれで居心地が悪い。必然的に悠里はぽつんと離れたところに一人で佇《たたず》む羽目になる。

親戚でもなければ友人でもない。隣人でもなければ、知人ですらない。

祭壇の中央に大きく掲げられた遺影を、何度も目にしたはずなのに、その顔を思い出せない。

「天也はきみのことが好きだったんだ」

――だから何？

「せめて最期くらい、送ってやってくれないか」

――なんであたしが。

久しぶりの晴天だというのに、どうして知りもしない人間の葬式で一日を潰さなくてはならないんだろう。

菊の残骸を落として、爪先で蹴飛ばした。

暇をもてあまして、バッグから携帯電話を取り出した。いくつか、新しいメッセージが届いている。

『今からカラオケ♪　女の子のメンツが足りないからおいでよー。いつもの店だよー』

『こないだ見てたワンピ二割引になってる！　早くしないと売れちゃうよ』

『暇ー。遊ぼーぜー。今何してる？』

返信は迷わない。悠里はいつものように気ままに文字を入力していく。参ったよ今あたし火葬場にいるんだよ、もう勘弁してって感じ。

本当だったら、今日は買い物に出かけるはずだった。この夏はハルトと海に行く約束がある。だから、新しい水着のひとつも見てくるつもりだったのに。

ざく、ざく、ざくと玉砂利が鳴る。顔を上げると、一人の男子が近づいてくるところだった。大柄でいかつい顔つきの彼は、他の子たちが制服姿なのに、一人だけ、きちんと黒いスーツを着ている。たしか、岸川《きしかわ》とかいう名前だったはずだ。

彼が、悠里をここへ連れてきたのだ。

岸川は悠里の正面に立つと、中に入らないの、と訊《き》いた。

「何もこんなところでぽつんと座ってなくてもさ。喉、渇いてるだろ。中に行けばお茶やジュースがあるから。あと食べものも」

「いらない」

目を合わせずに、素っ気なく悠里は言う。ささやかな抵抗だ。

「あたしの居場所なんてどこにもないじゃん。誰かに話しかけられたら、なんて応えればいいの？　あたしは、死んだあの子のことなんて、何ひとつ語れないのに」

「……ごめん」

ふん、と悠里は鼻を鳴らす。愛想をよくする必要はない。そんな義理はどこにもないのに、わざわざ来てやったのだ。

岸川が悠里の前に現れたのは昨日のことだ。家に帰ろうと校門をくぐったところで声をかけられた。待ち伏せされていたのだ。

誰かに、ことに異性に声をかけられることなど、悠里にとってはめずらしいことではない。

顔立ちが整っていることは自分でも充分承知しているし、肌の手入れにもスタイル維持にも、手を抜いたことは一度もない。絶世の美女というわけではないが、そのへんのアイドルにも負けない自信はあった。

だから、彼の姿を見たときも、ああまたか、と思っただけだった。よくあるいつもの告白に違いないと。

「あの、俺、岸川っていいます」

彼氏はいるけれど、べつに将来を誓い合っているわけでもない。条件のいい人が現れればいつ乗り換えたってかまわなかった。悠里は岸川をじろりと値踏みする。制服はこの界隈《かいわい》では一番の進学校のものだから、頭のよさという意味では問題はない。大柄でよく日に焼けたスポーツマンタイプで顔もそこそこだけれど、印象がちょっと無骨な感じだ。悪くはないけれど、一緒に歩くにはとにかく〝オシャレ〟じゃない。

悪いけど、あたしつきあってる人いるから。一番簡単な断りの文句を喉もとにまで用意したときに、岸川はややくぐもった声で言を継いだ。

「突然で悪いんだけど、明日、葬式に来てくれないかな」

「は？」

唖然《あぜん》として、咄嗟《とっさ》に返す言葉が見つからなかった。葬式？　誰の？

「きみは知らないと思うけど、広瀬天也ってやつがいて。そいつ、きみのこと、すごく好きだったから」

「ちょっと待ってよ」

悠里を好きだったという、その広瀬とかいう子が死んだということなのか。

あらためて、まじまじと岸川の顔を見る。目と鼻が赤い。泣いていた顔だ。多分、本気で、泣いていた顔だ。

「ごめん、あたしその、なんていうか」

そういう重苦しいの苦手なんだけど、と、それをどう言葉にすればよかったのか。

「悪いけど、知らない人のお葬式に出るとか意味わかんない。それに、明日は友達と買い物に行く約束があるし」

「買い物なんていつだって行けるだろ。天也の葬式は一度だけなんだぜ」

「何それ。そんなの、あたしに関係ないじゃない。ばかじゃないの」

「ばかは承知で頼んでるんだ」

頼んでるって口調じゃないよね。そう、噛《か》みつこうとしたときに、ふわりと影が動いた。くずおれるかのように、岸川が地面に膝をついたのだ。

「頼む。天也を送ってやってくれ」

「ちょ、ちょっと、やめてよ、みっともない」

いきなり土下座をされても対応に困る。少しは人の目というものを考えてほしい。学校の前でそんなことをされたら、明日からどんな噂《うわさ》がたつかわかったもんじゃない。

遠巻きながらも野次馬は増えていくし、立ち止まらずに過ぎていく人にしても、友人たちとひそひそと何か言葉を交わしながら歩いていく。

うなだれた岸川の真下、アスファルトの地面に、ぽつりと雨のようなしみができる。

ぽつり、ぽつりと。

泣いているのだ。泣くような人には見えないのに。

「お願いします。一日、いや半日だけ、一緒に来てください」

「やめてってば！」

それでも岸川は頭を上げる素振りを見せなかった。悠里が行くと言うまでは、意地でも粘るつもりなのだろう。

「悠里ー、また男泣かしてんのー？」

茶化すように野次が飛んで、うるさいばか、と悠里は怒鳴り返す。

岸川をそのまま無視して帰ってもよかったけれど、そうしたらおそらく彼は家まで追いかけてくるだろうし、家の前で同じようにすがられたらと思うとぞっとする。友人の前では笑い話ですんでも、家族や隣人の前では洒落《しゃれ》にならない。

悠里は、地面についた岸川の手を踏んだ。

びくり、と彼の身体が揺れて、やっとその顔が再び悠里に向けられる。

「――あたしを困らせて、楽しい？」

威嚇《いかく》するように言ったつもりだった。見下すように、ばかにしたように言ったつもりだった。

「ばかは承知だって、さっきも言っただろう」

（……どうしようかな）

面倒はごめんだ。意固地になって断り続けてもいいが、それでしつこくつきまとわれても困る。なんとかして、あきらめてもらわなければ。

「半日で一万円。バイトなら考えるけど」

岸川の目が大きく見開かれる。そこに浮かんでいるのは明らかな嫌悪の色だ。それでいい。軽蔑して、あきれて、そのまま行ってしまえばいい。知らない相手に、自分をよく見せる必要なんかない。

これならさすがにあきらめるだろうと思ったのに、彼はわずかの躊躇《ちゅうちょ》もなく立ち上がると、ズボンのポケットから財布を取り出し、前金だ、と言って悠里に五千円札を握らせた。

「交渉成立だからな。これは取引だからな。明日九時に家の前まで迎えに行くから。絶対に逃げるんじゃねえぞ」

まさか本当にこんな金額を出すとは思わなかった。うっかり自分から言い出したばかりに、引っ込みがつかずに悠里は舌打ちをする。

「わかったわよ。行ってやるわよ、お葬式のひとつやふたつ」

――たとえどんなに面倒でも、周囲に野次を飛ばされて恥をかいても、あのとき、首を縦になど振らなければよかったのだ。

写真の中の広瀬天也は、普通の男の子だった。

よくも悪くも、普通、だ。一度目をそらしたら、するりとその印象は逃げていく。会ったことはないはずだけれど、もしかしたら悠里が忘れているだけなのかもしれない。そう思えるほどに、平凡な、どこにでもいる少年の顔だった。

死んだと聞かされても実感はない。

葬式も、まるでドラマを見ているような感じだ。読経の声も、女の子たちの泣き声も、奇妙に現実感がない。

(本気で泣いている子が、どれだけいるんだろ)

そんな意地の悪いことも思う。特別目立つわけでもないクラスメートが死んだ、ただそれだけのことで泣けるのは、きっと雰囲気に酔っているのだ、と思う。

周囲に流されて泣けるほど、悠里は繊細ではないしやさしくもない。

それでも、流されないとわかっていても――わかっているからこそ、離れた場所にいることを選んだ。あたしは悲しくなんかないけどね、と、そんな顔をした参列者が、歓迎されるわけがない。

だから今も、斎場の中には入らない。

気詰まりだというのはもちろんある。けれどそれだけでなく、悠里は悠里なりに気を遣ってもいるのだ。

「あんた、あの天也って子のなんなのよ?」

岸川を見上げて、悠里は問う。

本当は、そんなことはどうでもよかった。ただ、じっと黙っているだけではどうにも時間をもてあましてしまうのだ。人の身体が燃え尽きるのに、長い時間がかかることなど、すっかり忘れていた。

「あたしを呼ぶためにお金まで払って。いくら仲がよくたって、ただの友人だったら普通そこまでしないでしょ。特別な関係だったの? もしかして叶わぬ恋の相手だったりして」

岸川の頬《ほお》がわずかに引きつる。図星だったのかそうでないのか、それは悠里にはわからない。が、いずれにせよ、悠里の台詞《せりふ》を不愉快に思っていることだけはたしかだ。

それでいい。こんな面倒を押しつけてきた岸川に、わずかなりとも反撃をしたかったのだ。

斎場の正面玄関から、人が流れ出してくる。いつの間にか、バスが到着していた。ああ、これでやっと帰れるのだ。そう思って腰を浮かしかけたとき、待って、と腕をつかまれた。

「悪い。親族はまだ残ってるんだ。払いの膳があるから、それが終わらないと」

「何よそれ」

悠里は唖然として岸川を見つめ返した。当初の予定ではただ葬式にだけ出て、そのまますぐに帰るつもりだった。帰りに街に寄っていこうと、だから、黒一色とはいえ、それなりに華やかな服を着てきたのだ。バッグの中にはアクセサリーも忍ばせてある。なのに、どうしてこんなふうに、ずるずると引き留められなきゃいけないんだろう。

「冗談じゃない。あたし帰るからね」

「半日はつきあうって約束だ」

「なれなれしくさわらないで」

悠里は岸川の手を振り払って、バスのほうへと歩き出した。

「本当に帰るのか？」

振り向かないつもりだった。知らないふりをして、そのままバスに乗り込んで帰るつもりだった。バスの中も居心地の悪いことに変わりはないが、少なくとも長い時間ではない。

「いいのか、これ」

バスのタラップに足をかけたときに、悠里はちらりと彼を一瞥《いちべつ》し——。

「あ」

岸川がこれ見よがしに持っているものを見て、悠里は慌ててバッグの中を探る。ピンクとシルバーの携帯電話。いつの間に抜き取られたのだろう。

舌打ちをして、悠里は乗りかけたバスを降りる。

「どうします?」

早く出発したいのだろう、いらついた表情の運転手に、岸川は軽く手を振って〝行ってください〟と伝えた。

「……最低ね、あんた」

いっそ財布を抜き取られたほうがましだった。大事なデータがたくさん詰まった端末を、他人に渡せるはずがない。セキュリティ的にも、心情的にも。

強く睨《にら》みつけて、悠里は岸川の手から携帯電話を奪い返した。

「どうする？　払いの膳、一緒に来るか？　それとも、気まずいようなら、ここに持ってきてもいい。どうせ弁当なんだし」

「いらない」

いくら空腹だからといって、見知らぬ人に囲まれて弁当を食べる気にはなれなかった。かといって、変に気をまわされて、こんな火葬場の片隅で岸川と弁当を食べるのはもっとごめんだ。

「ダイエットしてるの」

それは嘘だ。

「それに、お葬式の弁当なんて、そんな辛気くさいもん食べらんない。どうせたいしておいしくもないし。縁起悪いし」

意地悪のつもりでそう言った。怒らせたかったのかもしれない。自分一人だけ不愉快な思いをするのは不公平だ。

「……勝手にしろよ」

岸川は、ひとりごとのように、まったく天也はこんな女のどこが好きだったんだろうな、とつぶやいた。

それを訊きたいのは悠里のほうだった。

広瀬天也の家は、車の通れない細い路地のつきあたりにあった。

おそらくは旧家なのだろう、年代を感じさせる和風建築だ。家もそうだが、この区画自体が、古くからのものに違いない。まるで、映画で見る古い時代に投げ込まれたかのようだ。都内にまだ、こんな景色が残っているとは知らなかった——悠里の家は新興住宅街にあったから。

どれほど年月を重ねてきたのか。木の色が黒い。

悠里の家とはあまりに雰囲気が違う。重い——と思う。ここには、人の、建物の、土地の、歴史のようなものが息づいている気がする。

それに加えて、祭壇つきの座敷ときたものだ。居心地の悪さときたら尋常じゃない。ただでさえ、かしこまった席は苦手なのに、ただ一人で放り込まれてしまったのだ。

線香の匂いと、そして、畳の匂い。

建物はこんなに古いのに、まだ青い畳の匂いがするのが奇妙だった。替えたばかりなのか。それともこれは、香の一種なのか。

天也の母はひどく小柄な人だった。

他にこれといった印象はなかった。本人よりも、むしろ家と、それから喪服の印象が強い。ひどく色褪せた、モノクロームの情景。景色の一部として、彼女はそこに存在している。

会ってやってほしい、と。会いたがっている、と。岸川にそう言われて、葬儀のすべてが終わるまで引き留められていた。

もちろん会わなければならない義理はない。それでも、わずかに心を動かされたのは、悠里が幼い頃に母を亡くしているせいなのかもしれない。とにかく〝母親〟という言葉に弱い。

天也の母は、おそらく昨夜一晩泣き明かしたのだろうと思わせる赤い目をしていたが、葬儀のあいだじゅう、背筋をぴんと伸ばしたままで、けっして涙を流すことはなかった。気丈な人なのだろう。

「ごめんなさいね、こんなふうに引き留めてしまって」

まったくね、と棘《とげ》を返せるような場面でもない。悠里はただ小さく、いいえ、とつぶやく。

「迷惑だってことはわかっているの。それでもね、どうしても、あなたに会っておきたくて。天也が好きだったという人を、知っておきたくて。知って、それでどうなるものでもないのだけれどね」

冷茶のグラスが、そっと目の前に差し出される。

口をつける気にはなれなかった。

祭壇に飾られた遺影が、悠里を見つめている。知らない少年が、悠里に笑いかけている。今はもう、骨になってしまった彼が。

初めて会ったような気がしないわ、と、天也の母は言って、静かに笑った。

「あなたの写真を見たことがあるの。天也が好きになったのはどんな子だろうってよく考えてたから、まるでずっと前から知っていたみたい。こんな形になってしまったけど、それでも会えてうれしいわ」

「写真……?」

口の中がわずかに苦くなったような気がした。

(あたしの写真を持ってたってこと?)

片想いの相手の写真を大切に持っている、と、それだけ聞けばロマンティックに感じる人もいるかもしれないが、それを純粋な気持ちと解釈できそうにはなかった。百歩譲っても隠し撮り。千歩譲って、誰かから入手。どっちにしても、知らないうちにこっそりと写真を撮られていたということだし、どんな妄想をされていたのかと思うだけで身ぶるいがする。

「天也の部屋を見てやって」

いえ遠慮します、と、それだけの言葉が出てこなかった。喉がからからに渇いている。水が欲しいのに、どうしても目の前のグラスに口をつける気にはなれない。

うながされて立ち上がる。黒光りする廊下を通って、奥の部屋に通される。

畳敷きの六畳間だった。

和室なんだ。第一印象はそれだった。和室自体はときどき目にするけれど、高校生の部屋が和室なのはちょっとめずらしいな、と思った。古い建築だから、そもそも洋室がないのかもしれない。

この年頃の男の子の部屋にしては、きちんと片づいた綺麗《きれい》な部屋だった。彼の死後、母親が部屋を整えたのでなければ。

勉強机がひとつ。机の上にはノートパソコンとデジタルカメラ。ラックにはプリンターと機材がいくつか。その脇に、ぎっしりと本の詰まったカラーボックスが三つ。折り畳み式の座卓の上には、無造作に漫画雑誌が置かれている。机に備え付けられた小さな棚には車のプラモデルがふたつ。

壁のコルクボードに、数枚の写真が貼られていた。花――風景――文房具――。

最初はポストカードを飾っているのだと思った。けれど、違うと気づいたのはそこに知っている景色があったからだ。いつもの駅のコンコース。行き交う人々の服装で、冬の写真だとわかった。

——その中に、悠里がいた。

それはちっぽけな後ろ姿が映っているだけの、うっかりすれば見過ごしてしまいそうな写真だった。同じ制服の子も何人か写っていて、お気に入りのマフラーを巻いていなかったら自分でさえ気づけなかったかもしれない。駅の構内をただ歩いている、それだけの写真。

おそらくは天也自身が撮影したものなのだろう。

盗撮、と呼ぶような写真ではない。それはただの日常の風景で——けれどたしかにそこには悠里がいる。

どんなつもりで、こんな写真を飾っていたのか。

「……あたし」

この部屋の主は死んだのだ。もちろん、この部屋で死んだわけではない。わかっていても、それでも、そここに不吉な影が横たわっているような気がして、背筋がぞくりと寒くなった。肌にわずかに滲《にじ》む汗は奇妙に冷たい。

「そろそろ帰ります。用事があるので」

返事を待たずに部屋を出て玄関に向かった。礼儀知らずな行動だとわかってはいる。けれど、このままここにいては、その空気に捕らえられてしまうような気がした。

古い建築はどれもそうなのかもしれないが、昼間だというのに家の中には薄闇が潜んでいる。明るい陽射しに満ちた家で生まれ育った悠里の目にそれは異質で、それゆえに何もかもが不吉に見えた。そこにあるものも。そこにいる人も。

「待って」

玄関で靴を履く悠里を留めようと、天也の母が手を伸ばす。喪服の袖からのぞく腕は白く、そのコントラストの鮮やかさに軽いめまいを覚えた。

モノクロームの映画のようだ。

感覚はリアルなのに、どこか現実感がない。平静を保てないのは、その落差のせいなのだろうか。

「ごめんなさい。でもあたし、この家となんにも関係ありませんから。これまでも、これからも」

「わかってるわ。ええ、わかっているのよ」

声すらも、ひどく作りものじみて聞こえていた。そんなふうに感じるのは、この家のせいなのだろうか。それとも気丈すぎる彼女のせいか。あるいは死者の魂が、思念が、漂ってでもいるのか。

「悠里さん、これ、持っていって。あなたには意味のない形見かもしれないけど」

手渡されたのは青い表紙のノートだった。B5サイズの、よくあるシンプルな大学ノートだ。

「天也の日記なの。あなたのことも書いてるわ。だからきっと、あなたが持っているのが一番いいと思うの。ね、天也への供養だと思って、持っていって。お願いだから」

有無を言わせず、彼女は悠里のバッグの中にノートを押し込んだ。

突き返そうとは思わなかった。押し問答になるのは目に見えている。少しでも早く立ち去ろうと思うなら、黙って頷《うなず》いていたほうがいい。受け取るだけ受け取って、あとで捨ててしまえばいい。

悠里はただ、失礼します、と頭を下げた。

逃げるように木戸をくぐり、小走りで路地を抜けた。

死んだ人のことなど、もう考えたくない。

知りもしない他人の死に、感情を掻き乱されるのはごめんだ。ましてや今は――七月なのだから。

たいした距離を走ったわけでもないのに、すぐに息が切れた。

大通りに出てから、陽射しのまぶしさに気づいた。まぶしすぎる晴天だ。ついさっきまで、あんなに暗く感じられたのに。

行き交う人の喧騒《けんそう》に、ただ安堵《あんど》の息が漏れた。


結局その後、買い物に行く気分にはならなかった。

「おかえりなさい。ずいぶん早かったのね」

玄関先で悠里を出迎えたのは父の恋人の和美《かずみ》だった。同居こそしていないが、家族同然の顔で、あたりまえのように彼女は家に入り込んでいる。

悠里は軽い一瞥を投げただけで、二階の自室へと直行した。和美と話すようなことなど何もない。

母が亡くなってしばらくの間、父がどうしようもなく飲んだくれていた頃に、それを救ってくれたのが和美だった。そういう意味では彼女は恩人なのだが、のちに父と〝そういう関係〟になったということを思うと、素直に感謝するつもりにはなれなかった。つまるところ、彼女は父や悠里を救いたかったのではなく、単に下心で近づいてきただけだったのだから。

何を考えるのも面倒で、悠里はベッドの上にごろんと横たわった。こんなに疲れているのは、葬式の気にあてられたということなのだろうか。

清めの塩を忘れたことに気づいたが、今さら塩を取りに台所に向かう気にはなれなかった。階下に降りれば、和美と顔を合わせることになる。

じっとりとした空気が肌にまとわりつくのが不快だった。汗もかいている。せめてさっぱりと楽な格好に着替えておこう、と、立ち上がってクロゼットの扉を開ける。

黒い服を脱ぎ捨てたときに、携帯が鳴った。悠里は下着姿のままで携帯に手を伸ばす。ハルトからだ。

「今どこ?」

挨拶も何もなくハルトがそう切り出すのはいつものことだ。

友人とのやりとりは通話よりもメッセージが主流だ。それでもハルトとは直接会話することのほうが多い。だってそのほうが特別って感じじゃん? と、関係をアピールするかのように彼は笑ったが、実際のところは文字入力を面倒くさく感じているのと、返信を待つほんの数分を我慢するのが嫌だという、自分勝手な理由だろうと悠里は思っている。どんなときでも自分を優先してすぐに対応してほしいと思っている甘えの表れだ。甘え——少し違うか。幼さ、我儘《わがまま》、あるいは傲慢。

「自分の部屋にいるわよ」

「めずらしいじゃん、土曜のこんな時間に家にいるなんて」

「まあねぇ」

じつはお葬式帰りなんだよね、と言いながら悠里はタンクトップに着替える。暗い色彩を払拭したくて、明るい色を選んだ。夏向きのターコイズだ。

「葬式って、親戚の人か誰か？」

「ううん、知らない子。バイトで行ってきた」

再びごろんとベッドに寝そべって、悠里はわざと茶化すような口調で言う。

「死んだ子、あたしのことが好きだったんだって。で、まあ、死者へのはなむけってやつ？　そーゆーので呼ばれたんだよね」

笑い話にしてしまうのが一番楽だった。もしくは、すっぱりと何もかもを忘れてしまうほうが。

死という言葉は嫌いだ。

少女期に特有の、自殺願望も死に対するロマンティシズムも、悠里は持ち合わせていない。

ただひたすら、ばかばかしいと思う。

死ぬというのは、消えていくことだ。ロマンも何もない、ただ、なくなってしまうことだ。かつて母がそうだったように。

「で、何？　その、死んだのってどんなやつだった？」

「んー？　もう忘れちゃった」

「って、なんだよそれ」

「普通の子だもん。特徴も何もない、ほんと、ふっつーの男の子。とびっきりの美形だったら思い出にもなるんだけど。あ、でも美形に死なれたらもったいないか」

電話の向こうで、くくく、と意地悪くハルトが笑っている。耳もとでささやかれるかのような、その笑い声が悠里は結構好きだった。二人でいるとき、ハルトがそんなふうに笑うときには、必ず秘密めいた目くばせをくれる。その仕草も声音も、色っぽい、と悠里は思うのだ。

街なかで腕を組む堂々としたつきあいでも、やはり恋愛に〝秘めごと〟は魔法のエッセンスなのだと悠里は思う。たいしたことではなくても、ささやかな秘密を共有している、そんな感覚にぞくぞくする。雑踏の中で気まぐれにキスを交わすよりもずっと。

「でさ、悠里、まだ早い時間だし、出てこないか？　どうせ暇なんだろ？」

「うーん……」

確かにまだ陽《ひ》は高いし、特にこれといった用事があるわけでもない。ハルトや他の友人たちと遊んで気晴らしするのも悪くはない。でも。

「ごめん、今日はやめとくわ。なんか、気分が乗らなくて」

「なんだよー。べつに、その、死んだやつの喪に服してるわけでもないんだろ」

「動く気力、ないもん。取り憑《つ》かれたかも」

「げ」

やなこと言うよな、と、ハルトが本気で嫌そうに言うので、悠里はくすくすと笑う。作り話でもそういうネタがハルトは大の苦手で、どんなに誘ってもホラー映画は絶対に一緒には観《み》てくれない。

「またね」

通話を終えて、ベッドの上に大の字になったままで、悠里はぼんやりと天井を見る。

誰かと話したい気もしたし、誰とも話したくないような気もした。

（なーんか、フクザツ）

愚痴りたい内容はいくらでもあった。けれど、誰にそれを言えばいいのかわからない。広瀬天也の死をただの笑い話にしてしまうのは簡単だが、死、という言葉そのものを笑い飛ばせるほどには吹っ切れていない。

母の死を、笑うわけにはいかなかったから。

感情を共有してくれるはずの父は、あっさりと母の後釜を見つけて幸せにやっているのだから、今さらなんの話もできようはずがない。

ねえ、パパ。パパはもうママのことは忘れちゃったの？

まだもう少しだけ悠里が純粋だった頃——たしか十三歳かそのくらいだったと思う——そんなふうに尋ねてみたことがある。

忘れちゃいないさ、と父は答えたけれど、続けてこう言ったのだ。だけどパパは生きているから、幸せにならなきゃいけない、と。

そして悠里は、永遠の愛など信じなくなった。

そこにあるのは所詮、自己満足の感情にすぎない。誰かを好きになることにも、誰かに好かれることにも、たいした意味などないのだと。

「あー、やだやだ。忘れる。忘れるったら忘れる！」

がばっと跳ね起きると、手近なものを手当たり次第につかんでは壁に投げつけた。クッション。枕。雑誌。バッグ。

壊れるようなものは投げていないつもりだったのに、それでも、バッグがぶつかったときにはひどい音がした。財布やキーホルダー、メイクパレットといった小物が、ばらばらと落ちる。鏡は割れたかもしれない。大きく羽を広げた蝶《ちょう》をデザインした、お気に入りのハンドミラー。

「悠里さん？　どうしたの？」

階下から和美の声。続いて、階段を上る足音が聞こえてくる。

「うるさい、来るな！」

悠里がわめくと、ぱたりと足音がやんだ。ややあって、今度は降りていく足音がする。それでいい。いら立っているときに、他人に部屋に入られたくなんかない。

悠里は、壁に投げつけたバッグに目を移す。散らかっていてもかまわないけれど、割れた鏡だけはどうにかしなければ。

大きく息をついて立ち上がり、大股で壁に寄る。

鏡面を下にして落ちている鏡をつまみ上げる。破片こそ散ってはいなかったが、大きくひびが入っていた。

「あーあ」

壊れてしまったものは仕方ない。もったいない気もしたが、そのままゴミ箱に放り込んだ。どうせたいした値段のものでもない。岸川からせしめた一万円で、充分すぎるおつりがくる。

片付けついでだからと散らばった小物をバッグの中に戻して、そのとき、一冊のノートに気づいた。

広瀬天也の日記だ。

「……どうしよう、これ」

とにかく早くその場を去りたくて、押し返すこともできずに持って帰ってきてしまった。

あなたが持っていたほうがいい、と天也の母は言ったが、悠里にはどうしてもそんなふうには思えなかった。

愛なんて、信じていない。相手が誰でもだ。

ハルトのことも好きだけれど、それが愛だとは思わない。必要なのは、もてあます時間を忘れさせてくれる相手だ。多少自分勝手でも不誠実でも、今さえ楽しませてくれるならそれでいい。

つきあっている相手のことすらそんなふうにしか思えないのだから、ましてや知らない人間の感情を、大切になどできるはずがなかった。

「ろくに会ったこともない相手のことを好きとか。ばかみたい」

広瀬天也が好きになったのは、どうせ悠里の見た目だろう。そんなものが愛であるはずがない。

「安っぽいノートだし」

なんの気なしに、ぱらりとページをめくってみる。

鉛筆書きの、几帳面《きちょうめん》な文字が並んでいる。男の子としては字はうまいほうなのだろうかと思いかけて、知ってる誰の筆跡も思い出せないことに気づいた。ハルトの書く文字だって見たことがない。メッセージや電話はもらっても、手紙を受け取ったことは一度もない。

五月二十一日：
どうやら七時三十二分発、二両目進行方向右側のドア付近が指定席らしい。
まだ衣替えには早いが、今日は暑かったので夏服。彼女らしいと思う。

「……何、これ」

七時三十二分発、というのがよくわからなかったが、少し考えて、悠里がいつも乗っている電車のことなのだと気づいた。天也の家の最寄り駅を発車する時間が、たしかそのくらいだ。

　ぱらぱらとページを遡る。学校帰りに自転車がどうのという記述もあったから、もともとは自転車通学だったのかもしれない。何かのきっかけで悠里を見かけて、それから電車通学に切り替えたということなのだろうか。

　わざわざ追いかけて？　電車の車両をつきとめて？

　今は七月。これは五月の日記だから、だとすると少なくとも一月以上、彼は悠里と同じ車両に乗っていたことになる。

「やだ、気持ち悪い。ストーカーじゃん、これ」

　日記を読み進める気にはなれなかった。汚いものであるかのようにノートを放り出し、あらためて、どうしよう、と思った。

　ゴミの収集日は明後日だ。割れた鏡と一緒にゴミ箱に放り込んだところで、すぐに消えてなくなるわけじゃない。死んだ人の『気持ちがこもったもの』が身近にあると思うと、ただひたすら気持ちが悪い。せめて他の部屋のゴミ箱に、とも思ったけれど、家の中にあれば同じことだし、うっかり父や和美さんの目に触れるのも不愉快だし、かといってわざわざコンビニのゴミ箱に捨てに出かける気にもなれない。

親指と人差し指の先でそっとつまんで、悠里は部屋を出て階段を下りた。ふわり、とコーヒーの香りがする。和美がいつものサイフォンでコーヒーを淹《い》れたのだろう。

「和美さん、ライター貸して」

リビングのソファで編み物をしている和美に声をかけると、和美は驚いたように顔を上げて悠里を見返した。悠里から声をかけられるとは思っていなかったのだろう。

「ライターなんてどうするの？」

「あんたに関係ないでしょ」

和美がバッグから取り出したライターを、ひったくるように受け取ると、悠里はそのまま玄関へと向かった。履き古しのサンダルをつっかけて庭へ出る。

天也のものは、天也に返せばいいのだ。

ウッドデッキへ続くアプローチは煉瓦《れんが》張りで、ここなら他に燃え移る心配もない。しゃがみ込んで、ノートを落とす。

手の中のライターは、薔薇《ばら》の模様のついた、スリムで華奢《きゃしゃ》なデザインのものだった。去年だったか一昨年だったか、父が和美の誕生日に贈ったものだ。和美はいつも、アルコールランプに火をつけるときにそのライターを使う。フラスコの水がふつふつと沸き立って、部屋じゅうにコーヒーの香りが広がる——。

ストーカーの日記を焼くにはふさわしい小道具だとも思った。少なくとも、母の仏壇に置いてあるライターは、こんなことには使えない――それが使い捨ての百円ライターだったとしても。

「いらないわよ、こんなもん」

ライターの炎をノートの端に近づける。

わずかに風が吹いて、ノートのページがぱらぱらとめくれる。ゆらりと揺れた炎が、紙を舐《な》めてじわりと端を焦がしていく。

風に消えてしまうかとも思ったが、思いのほか火の勢いは強かった。炎の中で文字が踊っている。朱に呑《の》まれ、黒く灼《や》け、そしてほろほろと崩れる白い灰に姿を変える。

煙が空に消えていく。

空の端に、わずかに雨雲が見える。今夜か明日には雨が降るのだろう。降って、そして燃えかすは流されて消える。跡形もなく。

「これで、おしまい」

もともと、広瀬天也とはなんの接点もない。もう名前を聞くことすらないだろう。仮に彼が本当にストーカーだったとしても、死んだ人間には何もできないのだから。

三日もすれば、何もかも忘れてしまう。そう、悠里は信じていた。

――そのときは。

2

軽やかに携帯の着信音が鳴る。

悠里はベッドの上で面倒くさそうに伸びをすると、手探りで携帯を取った。ひどく眠い。

何時なのだろう、とぼんやりと思う。

「もしもーし……」

眠っているところを叩き起こされたのだから、目を開けることすら億劫《おっくう》だった。相手を確認せずに電話に出ることなど、普段はやらないが、こんなときばかりは例外だ。

「………」

相手は何も話さない。

「誰?」

夢うつつのままに問いかけてみる。時間をまったく気にせずに通話する相手など限られているから、呼びかける名は多くはない。

「ハルト？　彩花《あやか》？　みーやん？」

やはり返事はない。

なんだ間違い電話か、と悠里は通話を切る。液晶の時刻は午前二時。

「せっかく気分よく寝てたのに、勘弁してよー」

湿度のせいで寝苦しい夜が続いて、けれど今日はめずらしくすっきりと眠れたのに、こんな中途半端な時間に間違い電話で起こされるとか最低もいいところだ。せっかくの快眠時間をどうしてくれる。

「……あ、違うか」

着信履歴をあらためてチェックして、悠里はあからさまに不愉快な表情になる。履歴の番号は非通知。間違いではなくて迷惑電話だ。

「無言電話かー。暇なやつがいるんだなぁ」

クーラーの風が少しきつい。枕元のリモコンでスイッチをオフにすると、悠里はタオルケットをかぶって再び眠りについた。

うとうとしたあたりで、また電話が鳴る。

今度は先に発信者を確かめた。また非通知だ。

念のためにもう一度だけ電話に出た。ただし今度は、こちらも何もしゃべらない。

「…………」

やっぱり無言だ。

心の中で数を数えて、きっかり十秒で通話を切った。それ以上つきあう必要はない。

「……着信拒否って、どうやって設定するんだっけ？」

暗闇の中、画面だけが青白く光っている。悠里はメニューボタンを押して、設定画面を探していく。あった。これだ。非通知と公衆電話からの着信拒否。

設定を完了する前にもう一度着信があって、いいかげんにしてよと悠里は毒づく。

「よし、完了っと」

ぱたりと音は途絶えて、夜の静寂が戻ってきた。

これでもう、安眠を妨害されることもない。

けれど一度目が覚めてしまうと、今度はなかなか眠れない。

羊でも数えようかと思ったけれど、それで眠れたためしはなかった。それより、退屈な本でも読んだほうが、よっぽど早く眠れる。

ベッドサイドのライトをつけると、少しだけ悩んで、机の上の教科書に手を伸ばした。退屈といえばこれほど退屈な本はない。

世界史の教科書を、わずか数ページ読んだだけで睡魔が訪れた。特効薬だ。


「誰かに恨まれてるんじゃないの？」

台詞の剣呑《けんのん》さとは裏腹に、けらけらと笑いながら彩花は言う。

学校帰りにファストフード店に寄るのは定番だ。ポテトをつまみながらセットのドリンクを飲んで、くだらない話題に花を咲かす。そのまま居座ることもあるし、ゲーセンやカラオケに流れることもある。まっすぐに家に帰ることは滅多になかった。

受験生なんだからもう少し真面目に勉強しなくては、と思うことも、なくはない。それでも、こうしていられるのは今だけなのだから、という感情のほうが先に立つ。先の見えない未来よりも、今現在の、高校生活を満喫することのほうが重要課題だ。

「男を手ひどく振りとばしたとかさ、誰かの彼氏を横取りしたとかさ、その気もないのに弄んだのがバレたとか」

「なんで、全部恋愛がらみにするかなぁ」

しかもすべて悠里が悪さをしたこと前提だ。誠実な恋愛ができるとは悠里自身思ってもいないが、それでも面と向かってそんなふうに言われると少しばかりむっとする。

何度目かのダイエットに挫折して、もういいやとナゲットを口に放り込みながら、だってさぁ、と彩花は言を継ぐ。

「だって、一番ありそうな話じゃない？　聞いてるよー、先週、校門の前で男に土下座させたんだって？」

「させたんじゃないよ。されたの。勝手にね」

いちいち説明するのが面倒で、悠里は訊かれたときに訊かれたことにしか答えずにいた。

どうせすべての人の誤解を解けるわけじゃない。事実とデマが混在する中で、彩花が耳にしたのはデマのほうであったらしい。悠里が以前に遊びでつきあった相手が、復縁を迫ってきたのだ、という作り話。

その程度のデマはべつにたいしたものでもないのだが、そこに出会い系だの援助交際だの、そういったニュアンスを込められるのにだけは閉口した。少なくとも悠里は自分を安売りするつもりはない。だから、そういう行為に関わっていると、そう思われるのは、見下されたようで腹が立つ。

「でも、悠里じゃなかったとしても、色恋沙汰っていうのが一番ありがちな話だと思うよ。だって、他の要因とか思いつかないもん」

「それは、まあ、そうかもね」

人間関係のトラブルの大半は、恋愛がらみか金銭がらみだ。そのふたつさえなければ、ずいぶんと世の中は平和になるに違いない。殺人事件のニュースを見るたびにいつも思う。

「逆恨みってこともあるしねー。知らないうちに思いもよらない相手に、ってことだってあるじゃん。悠里、しばらくは身辺に気をつけていたほうがいいかもよ」

「たしかにね」

広瀬天也のように。

悠里が気づかなくとも、悠里に懸想していた人がいたように。

知らないうちに、勝手に悠里を恨む相手が現れるというのも、ありそうな話だとは思う。原因が悠里か、完全な逆恨みか、それはわからないにしても。

「でもまあ、ただのいたずらの可能性もあるし。何かあったら考える」

「何かあってからじゃ遅いんじゃない？」

「それはそうだけど」

「なるべく彼氏に一緒にいてもらえばいいじゃん。そういうときのための彼氏だしさ」

彩花は残りのコーラを飲み干して、からからと口の中で氷を遊ばせる。

（彼氏、かぁ……）

めんどくさ、と思ってしまう。確証もないのに、ただ不安だからと毎日ハルトに送迎を頼む？　そんなのきっとハルトだって同じことを言う。めんどくさ。

そもそも、無言電話の件を彩花に話したのも、深刻な相談というつもりでもない。ただの愚痴だし、非通知はブロック済みなのだからもう終わった話だ。

下校時のファストフード店は、いつも混んでいる。

リラックスできる場所ではないが、それでも、人の多い場所は好きだった。何も考えずに埋没できる、そんな感覚が気に入っているのかもしれない。雑踏を構成するかけらになってしまえば自分の存在は無価値に近いけれど、同時に孤独ではないと思えるから不思議だ。みんなと同じ、ただのかけら。

まっすぐに家に帰りたくないのは、孤独が嫌だからなのかもしれない。

いつもの雑談の隙間に、ふと、視線に気づいた。

――誰かに見られている。

振り向いてみたが、そこには見慣れた雑踏の光景があるだけだ。学校帰りの男の子や女の子。おそらく営業の合間だろうスーツ姿のサラリーマン。大学生やフリーター。

小さい子どもを連れた母親。

「どしたの、悠里」

「なんでもない」

視線を感じた、と、そう言えば、また彩花はけらけらと笑うのだろう。よくあることじゃない、と言われるか、あるいは、やっぱ誰かに恨まれてんのよ、と言うか。

（……疲れてるのかなぁ）

昨夜の無言電話が、思ったよりもストレスになっているのかもしれない。

外見が華やかなせいで、注目されることには慣れている。だから、他人の視線が気になるということ自体が、悠里にとってはめずらしい。普段感じるような視線と、いったい何が違ったのか。

ぞくりと背筋に悪寒を覚えた。

明確な悪意、ではない、と思う。けれどいつもとは違う——無視できない何か。

「ごめん、あたし今日はもう帰るね。風邪ひいたみたい。帰って寝る」

「腹出して寝るなよー」

彩花の軽口に悠里は笑って、また明日ね、と、ひらひらと手を振って店を出る。

——雨が降っている。

気が滅入るのは、季節のせいもあるのかもしれない。長すぎる雨。じっとりと湿り気を含んだ、夏の始まり。

傘をさすのが面倒で、アーケードを渡り歩きながら駅へと向かう。雨の日は、傘のせいで雑踏がいつもよりもふくらんで見える。その中を泳ぐようにすり抜けながら、息を止めていられればいいのに、と思う。湿った匂いは苦手だ。ことに満員の電車の中では、雨や汗や香水や、さまざまな匂いがないまぜになって押し寄せて、ときどき吐きそうな気分になる。

七月の雨は嫌いだ。

母が死んだのは七月で、たしかあの日も雨が降っていた。なかなか帰ってこない母を、薄暗くなっていく部屋の中、電気もつけずに待っていた。けれど現れたのは、当時はまだ〝知らないお姉さん〟だった和美で、父が待っているからと連れられていった病院で母に再会した。目を閉じたままの母に。

記憶は一気に押し寄せてきて、だから悠里は、雨の日に笑うのは苦手だ。

息を殺して、感情を殺して、家に帰り着く。

ありがたいことに、和美はいなかった。

濡《ぬ》れないように気をつけていたつもりなのに、靴の中はびしょ濡れになっていた。

玄関で靴下を脱いで、ぺたりぺたりとバスルームに向かう。濡れた靴下は洗濯機に放り込み、足を拭くよりもいっそシャワーを浴びてしまおうか、と悩んだときに、携帯が鳴った。

慌てて玄関まで戻ってバッグの中から携帯を取り出し、発信者をたしかめる。知らない番号だ。

知らない番号には出ない、は鉄則だ。放っておいても三十秒もすれば切れる設定になっている。とはいえ、時間ぎりぎりまで鳴らされることは滅多にないけれど——。

「しつこいなぁ、もう」

まさか本当に三十秒鳴り続けるとは思わなかった。この調子だと連続でかけてくるかもしれない。あとで着信拒否をしておこう。とりあえず今は、音量をオフにしておけばいい。

「さて、お風呂、お風呂っと」

シャワーだけでもよかったが、せっかくだから、と浴槽にたっぷりと湯を張った。気持ちがふさいでいるときは、のんびりとお風呂に浸かってリフレッシュするに限る。アロマオイルを数滴落として、ぬるめの湯の中でくつろぎながら、ゆっくりとスキンケアをするのだ。クレンジングから始めて、最後の美容液まで、フルコースで。

硬くなった筋肉と、硬くなった気持ちを、ゆっくりとほぐしていく。ストレス解消の方法としては、極上の部類だと悠里は思っている。ストレスが軽減されて、ついでに肌も綺麗になるのだから一石二鳥だ。だから、どんなにストレスを溜《た》めようと、悠里はニキビひとつ作らない。むしろストレスの多いときほど、肌はつやつやになっていく。おかしな話だが。

湯上がりの余韻を残すために、バスローブだけをひっかけて部屋に戻った。髪にはタオルを巻いたままだ。冬場はそうもいかないが、それ以外の季節はタオルドライのほうが格段に気持ちがいい。

ベッドの縁に腰を下ろして、携帯の通知を確認した。長湯をしている間に、誰かから連絡が入っていないとも限らない。

さっきの見知らぬ番号から、何度も電話がかかってきている。

着信拒否の設定をしようとして、けれど、知り合いの可能性だってゼロってわけじゃないよね、と思い直した。

「……海外の番号だったら絶対詐欺だけど」

個人情報にうるさいご時世でも、友達なんだからいいじゃん、と、共通の知人に勝手に連絡先を渡されてしまうことはたまにある。やめてよねー、と文句を言いはしても、実害を被ったことはなかったから、本気で怒ったことはない。

音量の設定をもとに戻して、しばらくするとまた着信音が鳴った。さっきと同じ番号からだ。

出るかどうかは少し迷った。通話ボタンこそ押したものの、悠里は無言をつらぬいた。応対するのは、少なくとも相手が誰なのかわかってからだ。

「……………」

無言、だ。

（なんなのよ、これ）

昨夜の無言電話と同じ相手なのだろうか。おそらくそうなのだろう。昨夜は非通知だったのに、今度は自身の番号を晒《さら》してまでいやがらせをしたいのか。

悠里は通話を切ると、速攻で着信拒否の設定を変えた。番号を変えてまた無言電話をされるのも嫌だったから——充分ありそうなことだと思った——登録してある電話番号以外はすべてブロックすることにした。

「ったく。いいかげんにしてほしいよね、気持ち悪い」

つぶやいて、そのときにまた、背筋に悪寒が走った。

視線——。

反射的に振り向いてはみたけれど、もちろんそこに誰もいるはずがない。

二階だから、窓の先に誰がいるわけでもない。それでも悠里は、カーテンを固く閉ざした。

また降りが激しくなったらしい。雨が屋根を打つ、その音だけがひどく大きく聞こえていた。

世界の何もかもが、雨で閉ざされてしまったかのように。


ハルトの両親は共働きで、夜遅くならないと帰ってこない。

だから気楽に遊びに来いよ、と誘われ、何度か悠里は彼の家を訪れていた。洒落たデザイナーズマンションで、広いリビングダイニングは居心地がいい。ラグの上にのんびりと寝そべりながら、話題の動画を観たり、ゲームで対戦したり、それからときどきは触れあったりして過ごす。

今日行ってもいい？　と訊くと、ふたつ返事でハルトはいいよと答えた。彼にしてみても、外で会うよりも自宅のほうがいろいろと都合がいいのだろう。

「どうしたんだよ、今日は。悠里がうちに来たいなんて言うの、初めてなんじゃないか?」

「そうだっけ?」

たしかに、自発的に他人の家に上がり込むのは、悠里にとってはめずらしいことだった。あまり深く関わりたくない、と、ずっと思っていたからだ。恋人のスタンスになどたいした意味はない。恋なんて、いずれは消えてなくなっていくものだ。そう思っているから、悠里は、ハルトを――今までつきあってきた誰をも――家に招き入れたことはない。

ハルトは上機嫌で、だから、ただ家にいたくないだけだとは言えなかった。

玄関の扉を閉じたとたん、後ろから抱きしめられた。いつもはそれほどせっかちではないのに、よほど悠里の来訪がうれしかったのだろう。そういうところは無邪気で可愛《かわい》いと言えないこともないけれど――。

「……ごめん。今、そういう気分じゃないから」

不安のすべてを預けてしまえればどんなに楽だろう。けれど、その相手は少なくともハルトではないな、と思った。かといって他に誰がいるのかといえば誰もいない。それがもどかしくて悔しい。

リビングのソファに悠里は深く身体を沈めた。このまま眠ってしまいたいと思う。

ここ二、三日、自宅でゆっくり眠れたためしがなかった。昼も夜も。

携帯への無言電話はなくなったが、どこで知ったのか、今度は自宅の固定電話にかかってくるようになった。出なければそれでいい、とは思うものの、延々と呼び出し音を鳴らされれば神経に障るし、他の人からの電話だったらと思うと無条件に無視するわけにもいかない。

自宅の電話機はアンティーク調の洒落たデザインで、悠里はそれを以前から気に入っていたのだが、こんなときだけはナンバーディスプレイのついていないことを不満に思った。

さすがに閉口して、つねに留守番電話モードにすることにした。が、それはそれで、無言のメッセージが次々と入れられていく。電話だぞ、と父から渡されたそれが、無言電話だったこともある。ご丁寧に悠里を呼び出して、それでわざわざ黙っているのだからタチが悪い。

男の声だった、と父は言う。

心当たりはなかった。一方的な片想いや恨み言であれば、悠里がその相手を知るはずもない。正体を明かさない相手を怒鳴りつけたい衝動に駆られたことも一度や二度ではないが、それはむしろ相手を喜ばせるだけのような気がしてやめた。

ハルトの家にいれば、とりあえず、電話に悩まされる心配はない。

悠里が誘いに乗り気ではないことがわかってか、ハルトはハルトで、テレビの正面に陣取って、ゲームを始めていた。長編RPGだ。リアルな造形のキャラクターが、モンスターたちを相手に、複雑な技を繰り出して戦っている。

悠里は勝手に冷蔵庫からオレンジジュースを取り出し、グラスに注いで飲んだ。喉をすべり落ちていく冷たい液体に、生き返ったような気持ちになる。自宅では、何を飲んでも苦い味しかしなかった。

しばらくはぼんやりと、ハルトのプレイするゲームの画面を眺めていた。大型のモニターで展開されるそれは、映画のように迫力がある。BGMもいいんだよなぁ、サントラ買おうかなぁ、と、そんなことを思う。家にゲーム機がないわけではないけれど、一人で長編RPGをクリアする根性はないから、ゲーム本体を買う気にはならない。

「……ねえ、ハルト」

「んー？」

振り向かず、コントローラーの手も休めずにハルトは返事をする。それでいい。

「無言電話って、経験ある？」

「あ?」

ちょっと待って、と、ハルトは食い入るように画面を見つめる。もうすぐセーブポイントだから、それまで待って、と。

「よっしゃあ、セーブ、っと。……で、無言電話がなんだって?」

ゲームの電源を切って、ハルトは振り返る。画面は海外のミュージシャンの映像に変わっていた。耳馴染《みみなじ》みのある、スタンダードナンバーのカバー。

「無言電話がかかってくるの、最近」

深刻な雰囲気にしたくなくて、悠里はハルトの目を見ずに言う。かたわらのクッションを引き寄せて、ぽふぽふ、と遊ぶように叩く。

「俺、べつに心当たりなんかないぞ?」

「ハルトが犯人だなんて言ってないじゃん」

少なからず慌てているかのような意外なリアクションに、少しだけ悠里は笑った。場を和ませようとしているのか、それとも素なのか。

「最初は携帯だったからさくっとブロックしたんだけど、家電にまでかかってくるようになっちゃって。やんなっちゃう」

「女の考えることって、よくわかんねーなー」

「……は？」

さらりと言われて、なんのことだろう、と思った。

「無言電話が嫌だっての、あたりまえの話じゃない？　男からすると、そういうのって気にならないもんなの？」

「いや、そうじゃなくて、かけてくるやつの話」

悠里は目をしばたたかせて、ハルトを見つめ返す。

「どうして、相手が女だと思うの？」

相手が誰なのかはわからない。けれど父からの情報で、それが男だということだけは知っている。ボイスチェンジャーでも使っているなら、話は別かもしれないが。

「そういう陰湿なことをするのは、女のほうが圧倒的に多いんじゃねーの」

「あたしも女だけど。陰湿で悪うございましたね」

「言葉のあやだろ。いちいち揚げ足取るなよ」

ハルトは悠里の隣に腰を下ろす。引き寄せられて、そっと頭を撫《な》でられる。

「悠里が無視してりゃ、そのうち、飽きてやめるだろ。そんなふざけたやつのことは気にすんなよ。な？」

ささやくように言われる。耳がくすぐったい。愉快な話題でもないのに、自然にくすくすと悠里の口もとから笑いがこぼれる。

忘れさせてくれるなら、それでいい。

なんの解決にもならなくても、少なくとも今、嫌な気分を忘れられるならそれで充分だ。ハルトに、恋人に、それ以上の役割なんて求めていない。

ハルトの指先が、髪から頬へ、そして唇へとそっと移動する。

悠里もそれに応えて、ハルトの首に腕をまわそうとして、けれど、そのまま動きを止めた。

——誰かに見られている。

「待って」

ハルトの胸板を押して、彼の身体を遠ざける。

「……どうしたんだよ、悠里」

「誰かが……」

言いかけて、そんなことはありえない、とすぐに気づいた。

公園のベンチの上でいちゃついているのとはわけが違う。他に誰もいるはずがない。

視線など、感じるはずがない。

誰もいない、気のせいだと悠里は思い込もうとしたが、一度気になってしまえばもうどうしようもなかった。目の前にいるのは本当にハルトなのか。そんな疑念さえ浮かんできて鳥肌が立った。

悠里はもう一度ハルトの身体を押し戻すと、ソファから立ち上がった。

「ごめんハルト、あたしやっぱり帰る」

家に帰っても、落ち着ける場所などないのに。

「おい待てよ、悠里」

ハルトの呼びかけに振り返りもせず、悠里は鞄《かばん》をつかんで玄関に向かった。正体のわからない視線の存在は今に始まったことじゃない。それでも、安心するために逃げてきた場所で遭遇したとなると話は別だ。雑踏の中なら視線なんて笑い飛ばせる。けれどここでは笑えない。

「何怒ってんだよ。俺、本当に無言電話のことなんて知らないよ。俺の知り合いが何をやってたとしても、俺のせいなんかじゃない」

ハルトの誤解を解いておこうと思うだけの余裕はなかった。あたし今だめだから。そう言うだけで精一杯だった。ごめんハルトのせいじゃない。

マンションのエントランスを抜けて外に出ると、悠里は鞄から携帯を取り出した。誰を誘ってどこへ行こう？

カラオケはだめだ。個室は閉ざされた空間だから。もっと広い、人の視線のある場所でなければ。視線から逃げるために視線のある場所を探すのはパラドックスのようにも感じたが。

ショッピングか、映画館か。それともゲーセンか、ボーリングか。

けれど、どこへ行ったとしても、最後に帰らなければならないのは自分の家だ。

「あたしが何をしたってのよ？」

恨み言が漏れた。当然だ。

誕生日も近いというのに、いいことなんかひとつもない。母が死んでからというもの、七月は無条件に嫌いだけれど——自分の誕生月であってもだ——こんなに最低な七月は初めてだ。

「出てこい卑怯者《ひきょう》！」

仁王立ちになって叫んだ。通行人が驚いたように悠里を振り返る。

何が嫌いといって、中途半端ほど嫌いなものはない。たとえそこにあるものが圧倒的な悪意なのだとしても、正体がわかればそれなりに対応することはできる。逃げるにせよ、正面きって戦いを挑むにせよ。

誰も答える者はない。

夏の風が髪を揺らす。遠くに子どもの笑い声。

空は抜けるほど青く、陽射しのまぶしさが目にしみる。何もかもがきらきらと輝いている季節なのに、どうして自分だけがこんな得体の知れない恐怖を抱えていなければならないのか。

携帯の連絡先にずらりと並んだ名前の、けれど誰にも気持ちをぶつけられない自分に気づく。友達の誰も、深刻な話題など望んでいない。それは悠里も同じことで、逆の立場だったら、表面的にはアドバイスのようなことを口にしながらも、心では面倒がって舌打ちをするに違いなかった。楽しい話題以外はいらない。本音で語れるつきあいなどしていない。誰も悠里のことなど、本気で心配など、してはくれない。

どれほどたくさん並べても、友人たちの名前は、こんなときにはただのデータにすぎない。

――どうしようもなく孤独になったような気がした。

冷たい風に頬を撫でられた気がして、目が覚めた。クーラーの設定温度が低すぎたのだろうか。

薄闇の中、ぼんやりと時計の液晶表示が光っている。朝の四時。起きるにはまだ早すぎる。もう少し眠ろう、と目を閉じたそのとき、かたん、と何かの音がした。かたん、かたん、かたかたかた……。

足音でも雨音でもない。時計や、電化製品の音でもない。小さな音なのに妙に気になって、悠里は再び目を開けた。

さっきは気づかずにいたけれど、たしかに人の気配がする。

「パパ？　和美さん？」

――姿は見えない。

ゆっくりと身体を起こして、部屋の中をぐるりと見渡した。扉――窓――クロゼット――本棚――。

机の上のシャープペンが、奇妙に揺れている。かた、かた、かた……。

「何……」

寝ぼけているのかと思った。夢なのかと思った。

うっすらと、靄《もや》のようなものが漂っている。ゆらりと揺れて、何かの形になろうとしている。人だ。

タオルケットを固く握りしめて、胸もとに引き寄せていた。何かにしがみついていなくては正気を保てる気がしなかった。悲鳴をあげようにも、声は喉にはりついたまま出てこない。

夏の早朝はもう薄明るく、目を凝らしていなければ見失ってしまうほどに靄は薄い。そのかすかな揺らめきは、けれど驚くほどの存在感で悠里を捕らえて離さない。一度気づいてしまったら、逃げ出すことも、目をそらすことさえもできそうになかった。

(ゆ……り)

声のようなものが、空気をふるわせる。

まだ言葉にならないその声が、若い男の子のものらしいということにはすぐに気づいた。聞いたことのない声。高くも低くもない、特徴のない声。

広瀬天也だ、と、直感で悟った。

本当は、もっと以前からわかっていたのかもしれない。わかっていたけれど、認めたくなかったのだ。幽霊など、そんなものの存在を、信じたくはなかったから。

ゆらゆらと揺れる、白い影。

まだ顔は見えない。その表情も、感情も、何もわからない。彼が何を思ってここにいるのか。悠里の何を見ているのか。

「な……に、よう」

やっとのことで、くぐもった声が出た。喉の奥に何かが詰まっているかのようで、思うようにしゃべれない。

言いたいことは、訊きたいことは、いくらでもあったはずだ。

お葬式にまで行ってあげたのに、何が不満なの？

あの無言電話はあんたの仕業なの？

日記帳を焼いたのを恨んでるの？

あたしのことを好きだというなら、今すぐ消えて。あたしに迷惑をかけないで。

――何ひとつ言葉にはならない。

少しずつ外が明るくなっていく。おそらく広瀬天也であろう靄は、それと反比例するかのように、薄くなって消えていく。机の上でかたかたと踊っていたシャープペンが、ことりと倒れてそれきり動かなくなる。

窓の外で小鳥が鳴いている。

何もかもが日常のあるべき姿に戻ったというのに、それでもまだ、悠里は動けなかった。

力を込めた指先は、こわばったまま奇妙に白くなっている。

(夢じゃ、なかった、よね？)

茫然《ぼうぜん》としたまま、悠里は何もなくなった空間をただ見つめていた。
全身に、びっしょりと冷たい汗をかいていた。

3

校舎の屋上の片隅で、荒木真那《あらきまな》はいつも独りで昼食を摂《と》っている。

もそもそとパンを頬ばりながら、無言で本のページを繰るのが彼女の日課で、だから彼女の姿を見つけることは簡単だった。話しかけることも。

「荒木さん」

呼びかけると、長い黒髪をゆらりと揺らして真那は顔を上げた。悠里の姿を認めて、わずかに怪訝《けげん》な顔をする。

「……何か用？」

校内では悠里と同じくらい有名人である彼女は、ひどく印象が暗い。顔立ちは悪くはなく、むしろ整っているほうといえたが、とにかく表情に乏しく、ほとんど誰とも交流することがなかった。無口でおとなしいのに、強烈な存在感を持っている。

高校の三年間で、同じクラスになったことはなかった。それでも知っていたのは、その存在感と、それからささやかれる噂のせいだ。

「荒木真那って、霊能力があるらしいよ」

一部に彼女のことを、崇《あが》めるとまではいかないが、明らかに一目置いている人たちがいるのは知っていたし、時折何ごとか相談に訪れる人たちがいるのも知っていた。けれど、よもや自分が彼女に声をかけるようになろうとは、ほんの数日前まで思いもしなかった。

「ねえ。霊が見えるって、本当？」

「……信じるか信じないかは勝手だけど？」

否定も肯定もしない。表情は変わらないものの、彼女は彼女なりに、そんなやりとりにはうんざりしているのだろう。

「あたしにも、憑いてる？」

悠里がそう訊くと、真那はまじまじと悠里を見つめて、そういうこと気にするタイプだとは思わなかったけど、と言った。あたしだって思わなかったわよと悠里は胸の中でつぶやく。

心霊現象など信じてはいなかった。むしろ否定派だったかもしれない。ありもしないことに振り回されるなんてばかげている、ずっとそう思っていた。

あの、広瀬天也の影を見るまでは。

一度だけなら夢とも思えただろう。けれど、二度、三度と続くとなると話は別だ。夜毎《よごと》に現れるその影は、徐々にその輪郭を鮮明に変えていく。その表情がきちんと見て取れるようになるのも、おそらく、そう遠い話ではない。

そして声。

正確には、声と呼べるようなものではないのかもしれない。最初は雑音のようだった。耳障りな、ざわざわとした響きの奥に人の声が混じる。チューニングの壊れた古いラジオのように、遠く近く、語りかけてくるもの。とぎれがちの、雑音だらけの中で、それでもたしかに、呼ばれていることには気づいた。

その声が、少しずつ近づいてくる。

広瀬天也の住む世界と、悠里の住む世界が、じわじわと重なりつつあるのだ。それがぴたりと重なったときに何が起こるのか、それを考えるのが怖かった。腕をつかまれて、見知らぬ深淵《しんえん》に引きずり込まれる、そんな気がした。

「来ないでよ！」

恐ろしかったけれど、それでも何度も続けば度胸は据わる。無駄だとは知りつつ、影に向かって枕を投げつけもした——予想通り、それはするりとすり抜けて、壁に当たって力なく落下したのだが。

「あたしはおとなしく連れていかれたりなんかしないんだから。見てなさいよ、あんたなんて祓《はら》ってやるんだから！」

笑っていた——ような、気がする。まだおぼろげな影が、それでもわずかに揺れて。

こんな話を茶化さずに聞いてくれる人は少ない。そして、有効な助言をくれる人はもっと少ない。だから悠里は、真那に助けを求めたのだ。

「ねえ。あたしに何か霊が憑いてる？」

「憑いてる。っていうか、普通、誰にでも憑いてるけど」

眉ひとつ動かさずに、真那はそう言った。

「それが何？」

「何って……」

やはり、きちんと話さなければだめなのだろうか。どこから話せばいいのだろう。家に幽霊が出ることだけを？　無言電話のことも？　得体の知れない視線のことも？　あるいは、そもそもの始まりの広瀬天也の葬式のことから？

今日初めて話をしたばかりの彼女に、詳細を語るつもりにはなれなかった。それでも、黙っていたままでは先に進めない。

「迷惑な霊が憑いてると思うの。できれば祓っちゃいたいんだけど、そういうのってお願いできる?」

真那はまた怪訝な顔をする。悠里は慌てて、もちろんただじゃなくてちゃんと見返りは考えるから、と付け足す。

「悪いけど、何か勘違いしてるんじゃない? 見えるのと祓えるのはまったく別の話でしょ。そういうのは、プロに頼んで」

「プロって」

テレビに出てくる〝霊能者〟という肩書きの人たちの顔を思い浮かべて、うわ胡散《うさん》臭《くさ》い、と思わず悠里はつぶやく。有名である彼らですらそんなふうに見えるのだから、無名の霊能者となれば、もっと胡散臭いのは目に見えている。適当なでっちあげで、大金をふんだくられるのはまっぴらだ。

「荒木さん、知ってる人いたら紹介してよ、霊能者」

真那は面倒くさそうに、ポケットから生徒手帳を取り出すと——そんなものを真面目に携帯しているのが彼女らしい——空白のページを一枚破って、そこにいくつかの名前を書きだして悠里に手渡した。

「知り合いってわけじゃないけど。そのあたりだったら信用できると思う。連絡先はネットか何かで調べて。お店とか出してるから、客として行くぶんにはべつに難しくないから」

「……ありがとう」

本当はそんな、大袈裟《おおげさ》な話にはしたくなかった。荒木真那がなんとかしてくれると、根拠も何もなくそう思い込んでいたのだ。

あとで調べて、住所をチェックしておこう。ついでに、店の名前と口コミも。そういう、なかなか表に出てこないことを調べるには、ネットは便利でありがたい。

「あたしだったら行かないけどね」

帰ろうとする悠里を、呼び止めるでもなく、真那はそう言った。

「え？」

「だって無駄だもの。悪霊じゃないものを、祓うなんてできない」

悪霊じゃない。

それはいい情報であるはずなのに、素直に喜ぶことはできなかった。祓えない、と、そんなことは考えたくもないし――いや、それ以前に。

「あの視線も無言電話も、悪意じゃないっていうの？」

真那に詳細は話していない。だから伝わるはずもないのに、無意識にその言葉が口をついて出た。冗談じゃない。何も知らないくせして、無責任なことを言わないでほしい。

信じられなかった。悪意でないものが、どうしてこんなに悠里を追いつめるのだ。一度や二度ならまだしも、あれほど執拗《しつよう》に。

「霊は電話なんかかけないよ」

予鈴が鳴って、真那は立ち上がってスカートの汚れを払う。悠里に挨拶もなくすり抜けて、その場から去っていく。

「待ってよ」

その背中に、声をかけていた。

「行っても無駄って、だったら、あたしどうすればいいのよ?」

「自分で考えれば」

振り向きもせずに、感情のこもらない声で真那は言う。悠里のことなど、どうでもいいのだろう。あたりまえだ。友人ですらない、ただ同級生だというだけの相手のことを、親身になって考えてくれる人は多くはない。

悠里はしばらく、茫然《ぼうぜん》とそこに立ちつくしていた。

本鈴が鳴る。午後の授業が始まる。なんの授業だったろう、と、ぼんやりと思う。遅刻にうるさい教師は誰と誰だった？

動く気にはなれなかった。授業など、どうでもよかった。

真那の言ったことは正しかった。

雑居ビルの地階に店を構えた霊能者を訪ねたが、同じことを言われた。悠里に憑いているのは悪霊ではなく、ゆえに祓えない、と。

悠里が思っていたほど胡散臭い店ではなかった。何度か通りかかったことがある程度には知った地域で、足を踏み入れるのにそれほど躊躇はなかった。事前情報がなければ、雑貨屋だと思ったかもしれない。その周辺に、エスニックグッズやお香を扱うような店はめずらしくはなかったから。

籐《とう》のソファに座っていたのはおだやかな表情の中年女性で、もちろんそれらしい衣装に身を包んではいるのだが、怪しさやわざとらしさはなかったように思う。

前払いだった見料を、何もできませんから、と、半額以上を返された。良心的と言って言えないこともない。

何よそれ、という気分と、やっぱりね、という気分が同居していた。目に見えない不安を、霊のせいにしてあれこれ理屈をつけて、カウンセリングだけで人から金をふんだくろうという了見だ。だから、気の迷いで片づけられない具体的な話には乗ってこないのだ——そもそも、霊を祓うようなスキルなど、初めから持っていなくて。

そんなふうに意地悪く思うのは、もともとそういった職業に懐疑的だったせいだ。自分が経験してしまったからには、心霊現象自体は認めてもいい。けれどそれを飯の種にしている人が信頼できるかどうかは別の話だ。

真那が〝信頼できる人〟と言ったからといって、それがなんだというのだ。そもそも悠里は真那を信用していないのだから、そんな言葉には米粒ほどの意味もない。

誰かのせいにしなければ、自身がおかしくなってしまいそうだった。

「そばにいるんでしょ、広瀬天也」

ひとりごとのように言う。

「たいしたもんね。こんなときはおとなしく演技して、霊能者も欺けるなんてね」

耳に異音が飛び込んでくる。大きくはない、けれど耳障りな音。ざ、ざざざ、ざざ。雑音の合間に、大きく小さく、名を呼ばれる。ざ……ざ……ゆー……り……ざざ……ゆー、りー……ゆゆゆゆゆーりぃいいい……。

おそらく名を呼んでいるだけではない。騒音の中でも自分の名を呼ばれれば聞き取れるのと同じように、悠里は無意識に自分の名を拾い上げているにすぎない。他にもっと、何か、悠里に伝えたいことがあるのかもしれないが、それが伝わるほど明瞭な声になるにはまだ時間がかかりそうだ。

「教会に行って聖水ぶっかけてやる。家じゅうに十字架とニンニクぶら下げて入れないようにしてやるんだから」

雑音の中に、かすかに笑い声のようなものが混じる。音の響きが、ふるえている。くすくすと。その、雑音の揺れがまた悠里の気に障る。いつもだったら誰かと楽しく過ごしている時間なのに、なんの因果で、こんなくだらない理由で街を歩いていなければならないのか。

「カラオケ断ってきたんだからね。あたし、ここんとこ、まともに人づきあいしてないんだからね。なんであたしのこと振り回すの。死んでるくせに。どんなに頑張ったって、手をつなぐこともできないくせに」

自分で言ったくせに、幽霊に触れられることを想像して、気分が悪くなった。実体のないあの身体が、ゆらりと寄り添ってくるのだろうか——思うだけでぞっとする。

夏の夕方は長い。このままいつまでも夜が来なければいいと思う。明るい時間なら、まだ強がりを口にしていられる。明るいうちは、少なくとも広瀬天也の影を目にすることはなかったから。

――見えないだけで、そばにいることは変わらないと、それをわかっていても。それでもまだ。

夏至はとうに過ぎた。これから夜は長くなっていくいっぽうだ。その事実に気が滅入る。

道行く誰もが楽しげに見え、それもまた癪《しゃく》にさわった。

いっそのこと、天也に見せつけるように、ばか騒ぎをして楽しく過ごそうか、とも思う。できるだけたくさんの友人を集めて、テーブルの上においしいものだけを並べて、賑《にぎ》やかに歌って踊って。あんたはここには入ってこられないでしょ、と、鼻で笑ってやるのだ。

多少遅い時間でも、声をかければ集まる友人は何人もいる。

携帯を片手に、メールを打つのに邪魔にならない場所はないかと周囲を見渡して、あれ、と思った。人混みの向こうに知った横顔がある。ハルトだ。

ハルトは背が高い。だから、雑踏の中でも頭ひとつぶん抜きんでて見えて、見つけるのはいつでも簡単だった。

もともと行動圏内だから、彼がこのあたりをうろついているのはめずらしくはない。それでも、ちょうど彼のことを考えていたときに、こんなふうに出会うと驚いてしまう。すごい偶然だ。

「ハルト」

小走りに駆け寄って、呼びかけてそのまま、足が止まった。

知らない女の子がハルトと腕を組んでいる。隣町の高校の制服。小柄で華奢な子だ。

「悠里」

驚いたように、ハルトは悠里を呼ぶ。かたわらの彼女が、誰なの？　と怪訝な顔でハルトを見上げる。

それは悠里の台詞だ。

束縛しているつもりはない。ハルトが悠里といないときに誰と何をしていようが、そんなのはハルトの勝手で悠里の知ったことじゃない。浮気の現場を取り押さえたと、鼻息を荒くするような趣味はないのだ。泣く趣味も。

「友達だよ。ときどき、みんなと一緒に遊びに行ったりするんだ」

なんでもないような顔で、ハルトはさらりとそう言った。それはいい。常套句《じょうとうく》ではあるけれど、一番当たり障りのない言葉でもある。

問題はそれが、悠里ではなく彼女に対して発せられた台詞だということだ。

一瞬、頭の中が真っ白になった。

今この場で恋人のスタンスなのは彼女のほうで、悠里はただの友達扱いだということなのか。

ハルトは悪びれもせずに悠里に目くばせをして、わかってるだろ、と言いたげな表情でほほえむ。話を合わせろと言いたいのだろう。

「……ごめんねー、お邪魔だったみたいねー。じゃあねー」

街なかで取り乱すのも食ってかかるのもみっともない。ハルトのためではなく、自分自身のために悠里は笑った。ハルトの唇が小さく動く。声には出さないメッセージ。アトデ連絡スル。

人混みに消えていく彼らを見送るつもりにはなれなかった。悠里はさっさと踵《きびす》を返して駅へと向かう。

みっともない女にはなりたくない。

家に帰るのがあれほど嫌だったのに、けれど、他に行く場所を思いつかない自分が情けない。誰かに愚痴を言おうにも、プライドが許さない。つきあっている男に他に女がいた。そんなありがちなトラブルに自分が巻き込まれているなんて、どんなに仲のいい相手にだって知られたくない。

どうして、悪いことは重なってやってくるんだろう。

「どうせ、電車に乗っても座席なんかひとつも空いてないのよ。痴漢が出て、財布を落として、途中で雨に降られて、そんでもって家に帰ったら和美さんがいるのよ」

思いつくままに、悪いことばかりを口に乗せていく。最低のことを覚悟しておけば、とりあえずそれより悪いことはないに違いないから。

時間が悪かったのか、電車内は混雑していた。席には座れなかった。けれど痴漢は出なかった。雨は降らなかったし、財布も落とさなかった。

けれど和美は家にいた。おかえりなさい、と迎えられて、悠里はいつものように無言で二階へ駆け上がる。

乱暴に鞄を投げ降ろすと、机の上のアクセサリーボックスを開けて、中身をぶちまけた。よく使うもの以外は乱雑に突っ込んでおいただけだったから、探そうと思ったら、一度全部出してしまったほうが早い。

「全部あんたのせいよ。あんたのお葬式に出てから、何もかもおかしくなったのよ」

葬式で、きっと、悠里は広瀬天也を連れてきてしまったのだ。葬式に行ったせいなのか、それともあの日記についてきたのか、それはわからない。けれど、いずれにせよ、あの日に接触したことが原因に違いない。

十字架モチーフのアクセサリーは、たしか以前に買ったことがあったはずだ。ネックレスとイヤリングのセット。それから、たしか銀製品も悪魔祓いには有効ではなかったか？　シルバーのリングならいくつか持っている。

（キリスト教徒じゃあるまいし、効果なんて、何もないかもしれないけど）

気休めだということはわかっている。それでも、何もせずにはいられなかった。雑音がふるえて、笑いの響きを含んでいる。笑っていればいい。いつか絶対に、目にもの見せてやる。

ストレスは溜まるいっぽうなのに、ゆっくりお風呂にも入れない。

汗をかく季節だから、本当は、帰宅したらすぐにでもシャワーを浴びたかった。それから、就寝前にもう一度。けれどそんな日々の習慣さえも、今となっては続けられない。

見られていると知って、それでも平気で服を脱げるほどには吹っ切れない。ここ数日は見事に〝烏《からす》の行水〟だ。いっそ水着姿でお風呂に浸かろうかと、半ば本気で悠里は思う。

階下で電話が鳴っている。はい塚原《つかはら》です、と和美が出る。あんたは塚原じゃないでしょ、と悠里のいらいらはつのっていく。

「悠里さん、電話」

「誰から」

階段を下りながら訊く。友人はほとんど家にはかけてこないけれど、ごく稀《まれ》に、学校からかかってくることはある。緊急連絡だったら仕方ないけれど、それ以外だと面倒だな、と思う。たとえば落とし物とか、答案用紙の裏の落書きのこととか。

「松居《まつい》さんって言ってたけど」

「彩花？」

幼馴染の彩花はそれこそ携帯を持つ以前からのつきあいで、だからあたりまえのように自宅の番号を知っている。そういえば一年くらい前にも一度かけてきたことがあった。やばいやばい携帯水没させちゃったようどうしよう！　と、泣き笑いのような声で。

「また水没？」

何しろ前科があるのだ。含み笑いで悠里は電話口に出て——。

「…………」

——無音。

その沈黙に、鳥肌が立った。

(違う。彩花じゃない)

彩花の名を騙《かた》って、電話をかけてきたのだ。わざわざ、悠里を電話口に出すために。

悠里は受話器を架台にたたきつけた。

「……悠里さん?」

その音に驚いて、ダイニングで夕食の準備をしていた和美が振り向く。ビーフシチューの匂い。好物のはずなのに——悔しいことに和美は料理が上手だ——吐き気がした。

「どんな声だったの」

「……え?」

「電話の主。和美さん、声聞いたんでしょ」

「どんなって……」

和美は状況が理解できないせいなのかひどく困った顔をして、男の人の声だったけど、と言った。低い声の、悠里と同じくらいの年頃かどうかはわからない、けれど確かに、男性の声だった、と。

「とりつがないで」

吐き捨てるように、悠里は言った。
「だいたい、なんであんたがうちの電話に出るの。家族でもないくせに。迷惑だから
やめてよね」
和美は小さく、ごめんなさい、と言った。
素直に謝られても、腹が立つ。
八つ当たりだということはわかっている。けれど結局のところ——悠里は和美がそ
こにいること自体が許せないのだ。彼女が何をしても。何もしなくても。
足音も荒く、部屋に戻った。
気を紛らせようと、大音量で音楽をかけた。好きな曲ばかりのはずなのに——リズ
ムや歌詞の端々が、ささくれのように感情にひっかかる。
無意識のうちに爪を噛んでいた。
綺麗に仕上げたマニキュアが崩れて、悠里はさらに腹を立てる。

ハルトから電話がかかってきたのは、夜の九時を回ってからだった。
「何あれ、今日の」

悠里が不機嫌な声音でそう言うと、ハルトは、ごめん、とあっさり謝った。拍子抜けするほど簡単に。

「あの場はさ、ああいうふうに言うのが一番おさまりがいいと思ったんだ。だってほら、なんて言うのかな、ミキはこういうの、慣れてないから」

あの子の名はミキというのか、とぼんやり思いながら、ハルトの無神経さに啞然とした。悠里の前で、平然と、悠里の知らない子の名を呼び捨てにできるその感覚に。

「慣れてないって、何がよ？」

「だから、あんまり遊んでないっていうか。男とマトモにつきあったことのない子に、いきなりショック与えちゃまずいだろ」

「……ショックって」

言いたいことがよくわからない。悠里は携帯を強く握りしめて、確認するかのように、ゆっくりと訊く。

「それはつまり、ハルトは、あたしよりもそのミキちゃんとやらのほうが大事だっていう、そういう意味？」

「そうじゃないよ」

さすがに慌てた様子だった。ばかだな、と笑いながらハルトは甘い声でささやく。

悠里が一番大事に決まってるじゃないか。

「言っちゃなんだけど、こんなの、よくあることだろ？　でも、ミキは悠里と違って経験が浅いから、それがよくあることだってのがまだわかんないんだよ」

「よくあるって。何が」

ただ異性の友達と遊んでいただけなら、それはたしかによくあることだろう。けれどハルトは、ミキのことを友達とは言わなかった。

「な？　許してやってくれよ」

ミキを許せと、そう言うのか。

ハルトは何もわかっていない。悠里は、ハルトの行動に怒っているのだ。相手がどんな子で何を考えているかなんて、何も関係ない。

「……あたしのこと、ばかにしてるんだ？」

「まさか」

心底意外だという口調で、ハルトは言う。

「俺、悠里が一番だと思ってるよ。だから、約束だってなんだって、悠里を優先してる。それじゃだめなわけ？　会えないときまで、俺、悠里のことしか考えちゃいけないっての？」

優先って」

「だってさ、最近ずっと、悠里ノリが悪いじゃん。誘っても生返事だし、デートしてても上の空だし」

「責任転嫁しないでよ」

悠里が悩んでいると気づいたら、それをなんとかしようと考えるのが彼氏の役割ではないのか。なのに、その言い種《ぐさ》はなんだろう。

「何人、いるのよ?」

確信のように思った。ミキだけではない。ハルトには他に、何人も女がいる。

「だから悠里が一番だって」

「その一番のあたしより、ミキちゃんとのデートを優先させたくせに」

せめてあの場で、ハルトがミキにではなく悠里に言い訳をしていたなら、少しは腹立たしさも違っていたかもしれない。

「だからそれは！　悠里だったら、そんなもん、笑ってすませられると思ったからだって」

「そうね純情なミキちゃんとは違うもんね、あたしは」

皮肉っぽく言って、悠里は通話を切る。

ハルトの言いたいことを要約すれば、つまり、あっちともこっちともよろしくやっておきたい、と、そういうことだ。

間をおかずに着信音が鳴った。当然ハルトからだ。

「もう二度と電話しないで」

彼の言葉を待たず、ただそれだけ言って、悠里は再び通話を切る。それから、アドレス帳からハルトを削除し、メッセージもすべてブロックするように設定した。これでもう彼からの電話を受けることはない。

もちろん、いざとなれば連絡手段などいくらでもある。けれどおそらく、ハルトは連絡してこないだろう。悠里が一番――と、そう言っていても、それは唯一ではないのだから。二番手が一番手に昇格して、それで終わり。つきあう相手に不自由するような男ではないから、何もわざわざ、面倒なことに首を突っ込もうとは思わないだろう。

「くっそー、人をばかにして！」

悔しくて涙が滲んだ。

悲しくて、ではない。ハルトと別れることはべつにいい。本気で好きだったわけではないし、ハルトがいなくなっても、生活は何も変わらない。また新しい彼氏を作ればいいだけの話だ。

ただ、自分が、そういう扱いを受けたことが悔しかった。

ミキの顔を思い出す。可愛い子ではあったと思う。小柄でおとなしい顔立ちで、いわゆる〝守ってあげたくなるタイプ〟だ。顔の造作そのものよりも、全体の雰囲気で得をしている。悠里とは決定的に属性が違う。

あの子を優先させたということは、ハルトの思惑がどうであれ、悠里は彼女よりも下だと言われたのと変わらない。それが、ひたすら悔しかった。ミキがショックを受ける？　なぜ、悠里は平気だという前提なのか。悠里の気持ちはどうでもいいのか。

「あたしのどこが、あの子に劣るっていうのよ⁉」

彼氏に誠実さなど求めてはいない。それでも、ああいう場で悠里を選ばない男など必要ない。いつでも、どんなときでも、一番でなければ意味がない。

「……ゆー、……」

耳もとにささやかれる声。ざざ、ざ、ゆー、りー、ゆーりー。

「うるさい！」

枕を持ち上げて投げつけた。何もない空間に。

霊は電話なんてかけないよ、と、真那の台詞を思い出す。そして同時に、ああそうかと思った。ハルトの台詞。無言電話がかかってくると告げたときの彼。心当たりなんかない、と、女のすることはわかんねぇ、と、あの言葉の意味。心当たりがあったからこそ、そんな言葉が出てきたのではなかったか。ハルトが何人もの女とつきあっているというなら、悠里の存在を不満に思う誰かから無言電話がかかってくるというのもありそうな話だ。

それを知っていて、ハルトは知らんぷりを決め込んでいた。悠里が、強がっていてもどれほどストレスを溜め込んでいるか、そんなことも気づかずに――いや、気づいていても同じだったのかもしれない。ハルトにとっては悠里の気持ちよりも自己保身のほうが大事だったというだけの話だ。

ただ一緒にいて、そのとき楽しければそれでよかった。街を歩いて、注目を浴びたりうらやましがられたりするのが気持ちよかった。ただそれだけの相手だ。だからそれは〝お互いさま〟で、ハルトの愛の不在を責める権利は悠里にはない。

(だってあたしは、ハルトのことなんて好きじゃないもの)

最初から、お互い、誠実な関係ではなかった。だから続かなかった。ハルトだけが悪いわけじゃない。

けれど、理屈ではなく、ただプライドを傷つけられたことが許せなかった。

悔しくて涙が出た。悲しくはない。ただ、悔しい。一番、とか言いながら、全然一番なんかじゃない。

ゆゆゆゆゆーりりぃいい、と空気がふるえる。天也が悠里を呼んでいる。

「だからって、あんたが無言電話の主じゃないって決まったわけじゃないからね」

涙のせいでひどい鼻声になった。鼻をかみたい。ティッシュがいる。

ゆーりいいい……。

「なんでこんなときまであたしにつきまとうのよ？　一人で泣きたいときだってあるわよ。あんた悪趣味よ。悪趣味だから幽霊なんかやってるんだろうけど、それにしたって、人の心が残ってるなら、もう少し思いやりってものがあったっていいじゃない。あたしのことはほっといてよ！」

一気にそうまくしたてると、悠里を呼ぶ声が、かすかにふるえて小さくなった。そしてそれから、ざざ、と再び雑音に戻る。小さくなって消えていくノイズ。

通じて、いるのだろうか。

そこに残っているのはただの思念ではなく。壊れたレコードのように、記録されたものがただくり返されているのでもなく。現在進行形の想いが、まだ、あるのか。

「わかんないよ」

声は消えたのに、それでも耳の奥に、まだ残っているような気がした。かすかにふるえる鈴のような響き。ハルトの声ではない。これは天也の声なのか？

「何を言いたいのかわかんない。あんたが何をしたいのかも。あたしの何にこだわっているのかも」

悠里はベッドに突っ伏した。枕はさっき投げてしまって部屋の隅にあるが、拾いに行く気にはなれなかった。もう、このままベッドに埋もれてしまいたかった。何も考えずに、何も感じずに、泥のように眠りたかった。

夜中に、ふと目覚めた。

気配に振り向くと、そこに一人の男の子が立っていた。その顔に見覚えはない。どこにでもいるような普通の男の子で、そんな理由で彼が広瀬天也だとわかった。

手を伸ばしても届かない距離。けっして近すぎはしないのに、その声は奇妙に耳もとで響く。ゆ、ゆー、りー……。

姿がはっきりとしてきたせいなのか、夢と区別がついていないからか、不思議と恐ろしくはなかった。

「……どうしてあたしを呼ぶの？」

顔を上げてまっすぐに彼を見る。

笑っている。ただおだやかに。

彼はずっと、こんな顔で悠里を見ていたのだろうか。静かにほほえんだままで、じっと悠里の姿を追っていたのか。生きていた頃も、そして死んだ今も。

時折感じるあの視線は、けっしておだやかなものとは思えないのに。あの電話の向こうの沈黙も。何もかも嫌悪の対象でしかないのに。

き……ざざ……が、……ざざ、ざ、き……だ……ざざ、ざざざざ……。

悠里の名以外の音を、初めて聞いた気がした。雑音に紛れて届かないその声の、けれど内容はわかった。天也の唇が動いて言葉を紡ぎ出す。キミガ好キダヨ。

だから？　と、冷めた気持ちのままで悠里は思う。天也が悠里を好きで、それを悠里に伝えて、だからなんだというのだ。

好きだと言われることなど、特別のことじゃない。特別な言葉じゃない。なのにそこから、いったい何を汲《く》み取れというのか。

どうしてつきまとうの、とか、あたしみたいな話したこともない人間じゃなくて他の人のところに行けばいいじゃない、とか、言いたいことはいくらでもあった。けれど、なぜ、と問うまでもなく返ってくる答は予想がつく。きみが好きだから、と。

冗談じゃない。

好き、という言葉を、感情を、何かの免罪符だとでも思っているのか。好きという事実さえあれば何をしても許されるとでも言うのか。

「ふざけないでよ。あんたに、あたしの何がわかるっていうのよ！」

天也のことなど知らない。視線を交わしたことも、言葉を交わしたこともない。だから彼もまた、悠里のことなどろくに知らない。どうせ見た目だけで、悠里を判断しているんだろうと思う。

うんざりする。

もちろん、美しくあることも羨望の的になることも、悠里のステータスのひとつではある。好きになるのは勝手にすればいい。けれど、応えるかどうかは話が別だ。好かれたら応えねばならないなどという理屈がまかり通るのなら、いったい何人とつきあわなければならないのか。

「さっさと消えてよ、天国でも地獄でも、あんたの行くべきところへ行きなさいよ！　全部あんたのせいなんだからね！　疫病神！」

ハルトと別れることになったのは、天也の存在に悩まされて悠里が彼ときちんと対話できていなかったせいだ。永遠とは言わぬまでも、しばらくはつきあっていられるはずだった。天也さえいなければ。

——それは嘘だ。

天也のことなど、きっかけにすぎない。遠からず同じ道は辿《たど》っていただろうから、それを天也のせいにするのは筋違いだ。そう、頭ではわかっている。

けれど、天也の存在が目障りだという事実は変わらない。

離れているのに、声だけは奇妙に耳もとに響く。ささやかれる声は揺れながら皮膚の上にとどまって、全身に鳥肌が立つ。

少しずつ声音は明瞭になっている。

やがて彼は何を言うつもりなのだろう。悠里が好きだと、それ以外に、いったい何を伝えるつもりなのか。他に何もないのなら彼がこんな場所にいつまでもいるはずがない。彼の想いは、とうに知らされている。生前に想いを伝えられなかった、それが心残りになっているとは考えにくい。

「……を……けて」

気をつけて。唇の形で、そう読めた。

「え？」

何を言いたいのか。

ハルトのことを言いたいのだったら、それはもう手遅れだ。ひどいタイムラグでもあるのか、それとも別件の警告なのか。

得体の知れない幽霊の言葉など、信じるのはばからしい。それでも、明らかに警告である言葉を、聞き流すことはできそうになかった。

「どういう意味よ？」

喧嘩腰《けんかごし》に、噛みつくように問いつめる。

「ハルトと関係のあることなの？　それとも、別のことなの？　あんたいったい、何を知って——」

クリアになってきたとはいえ、雑音混じりの声はまだ聞き取りにくい。また唇を読もうとして、朝が近づいてきたことに気づく。天也の姿が、白けた空気の中に薄くなって消えていく。

天也は何かを伝えようとしている。

それとも、それは予告のようなものだったろうか。悠里を一緒に連れていくぞと。

身ぶるいがした。

幽霊に取り憑かれている、その事実だけでも頭がおかしくなりそうなのに、この先にそれ以上の何があるというのか。

誰に頼ればいいのだろう。

たとえ別れなかったとしても、ハルトには頼れなかっただろう。彼がこんな話をまっすぐに受けとめてくれるとは到底思えない。彩花や他の友人たちにしたってそうだ。表面的な、ありがちな悩み相談は世間話としてつきあってくれるが、それ以上は踏み込まない。そういうつきあいを、暗黙の了解の上で続けてきていたんだから。

だとしたら、あとは誰がいる？　父か？　和美か？　冗談じゃない。大人は幽霊の存在など信じてはくれないだろうし、それ以前に悠里は彼らに弱みなど見せたくなかった。けっして。

「ママ」

知らず、その言葉が口をついて出た。

声に出して彼女を呼ぶのは、いったいどれほどぶりだっただろう。昔は呼び慣れていたはずのその響きを、口にしたとたんに涙があふれた。

「ママ……ママ、助けてママ……」

4

母が死んだのは、悠里の七歳の誕生日の前日のことだった。

よくある交通事故だった。雨で視界が悪かったせいもあったかもしれない。交通量の多くない交差点で信号無視の車に撥ねられて、すぐに病院に搬送されたものの、甲《か》斐《い》なく母は息をひきとった。

だから悠里は誕生日が嫌いだ。

母は、悠里へのプレゼントを買いに行った帰りに事故にあった。あの日、出かけさえしなければ、母は死なずにすんだのだ。

母が買ったのは大きなクマのぬいぐるみで、それは悠里の誕生日当日に――母の葬儀の日に家に届けられた。大きな赤いリボンを結ばれて。お誕生日おめでとう、と、押し花のついた美しいカードを首にぶら下げて。

贈り主はもうどこにもいないのに。

「……でさー、どうする？　夏休み」

アクセサリーショップの店頭であれこれ物色しながら、彩花が言う。どっちがいいかなぁ、と、手にしているのはシルバーのピアス。ひとつはターコイズで、もうひとつはブルートパーズだ。

「ごめん、あたしだめ。今年は夏期講習がみっちり入ってるんだ」

美也《みや》がそう言って、ああそうか今年は受験生なんだ、と、今さらのように悠里は思う。

「みーやん、真面目に予備校なんか通うんだ。すげ」

「や、真面目じゃないからツケが来てるんだって。今の成績のままじゃどこも受かんないからさぁ、必死だよ、もうね」

必死、と、その言葉とは裏腹に美也はけらけらと笑う。

「悠里の予定は？　彼氏と海に行くって言ってたっけ。で、結局、新しい水着、買ったの？」

「あー、あれ。やめた」

悠里は苦笑いをしながら答える。ただその一言だけでは、水着を買うのをやめたのか、海に行くのをやめたのか、それとも彼氏とつきあうのをやめたのかの判断はつかないだろう。それでも、彩花も美也も、そっか、と小さく答えただけで、深くは追及してこなかった。

（追及してこない、ってことはつまり、別れ話だと気づいてるわけね）

誰か共通の知人から、噂くらいは聞いているのかもしれない。それで、海に行くの？　と、そんな形でカマをかけたのだろう。

悠里自身は、わざわざ別れ話を吹聴する趣味はない。もし噂になっているのだとしたら、それはハルトの流したものだ。どんな脚色がされていることやら、と、わずかに不愉快になる。

彩花たちの、傷に触れないその対応が、ありがたいのかそうでないのか、悠里にはよくわからなかった。何もかもをぶちまけてしまいたい気もするし、無駄なことはいっさい話したくないような気もする。

「あたしはさぁ、八月はぎっちりバイトが入ってるんだけど、七月中は割と暇なんだよね。悠里、海に行かないんだったら、一緒にどこか行かない？　泊まりでも日帰りでもいいけど」

うわ暇な女同士で旅行って侘《わ》びしーっ、と美也が言って、頭を彩花に小突かれる。

「うーん……予定はないんだけど、なんか気が乗らないんだよね」

「たまにはぱーっと騒ごうよ。ってかさー、悠里、最近ずっと元気ないじゃん。シツレンの痛手ってやつ？」

「彩花」

今度は美也が彩花の脇を小突く。そういうこと言わないの、と。

悪い悪い、と彩花は言って、手にしたピアスを悠里の目の高さに持ち上げて、どっちがいいと思う？　と訊いてきた。

「迷うくらいだったらやめといたら？　無駄遣いになるよ」

「悠里はどっちがいいと思うの、って訊いてるんだけどな。似合うかどうかとか、そういうの別にしてさ」

悠里はわずかに息をついて、こっち、とブルートパーズのピアスを指差した。シルバーのリーフの先に、雫《しずく》のようにストーンが光るデザインだ。

「了解。ご意見参考にしときまーす」

彩花はピアスをもとの位置に戻すと、行こっか？　と悠里たちをうながす。

美也が靴を見に行きたいと言い、悠里はドラッグストアを希望する。本屋に文房具屋にアイスクリームショップ。思いつくままに行きたい場所を口にして、ツアーのようにぐるぐるまわるのが楽しい。

できるだけたくさん歩いて、疲れて、夜はぐっすり眠ってしまうのがいい。

「そういえばさー、もうすぐ悠里、誕生日じゃなかったっけ？」

コンビニの前で、ペットボトルの蓋を開けながら、美也が言う。

「特に予定がないならさ、あたしたちとパーティーやる？　まあ、パーティーったって、せいぜいファミレスかカラオケで、いつもよりちょっとだけ食べものの豪勢に、って程度だけどさ」

「あー、パス。あたし誕生日って嫌い」

それは本当のことだったが、わざわざ暗い話題を振ることもない。冗談めかして、悠里は笑う。

「あたしは永遠に十六歳だもん。これ以上歳はとらないから、誕生日なんてもう関係ないんだもんね」

「何、寝言、言ってんだか」

けっ、と彩花は鼻で笑う。

「じゃあ三回目の十六歳の誕生日でもいいよ。やろやろ。ぱーっと騒ご」

「……ま、考えとく」

曖昧に言って、悠里は笑う。

街の中にいると、空の暗さに気づかない。いつの間にか夕暮れは薄闇に変わり、夜が間近に迫っている。

また明日学校でね、と手を振って、駅で彩花たちと別れた。

一人になったとたん、どっと疲れが出る。

無理をしているな、と思う。彩花たちと一緒にいるのは楽しい。楽しいけれど、テンションを持続するには根性が必要だ。何もないときならまだしも、気がかりを抱えているときには。

電車に揺られながら、進路をどうしようかなぁ、と、ぼんやりと思う。

特別にやりたいことがあるわけではない。行くとしたら多分短大、でも行く先がどこであってもたいした変わりはないだろう。引っ越して一人暮らしをするのならば変化もあるだろうが、もともと首都圏に住む身とあっては、わざわざ地方の短大を選ぶ理由はない。

高校を出て、短大に入って。短大を出て、どこかに就職して。そしてどうするのだろう。

結婚して家庭を持って子どもを産んで？　自分がそうやって大人になっていくことは、なんだか想像がつかなかった。

もうすぐ母の命日が来る。

母は若くして悠里を産んだ人だったから、あと十年もすれば、悠里は母の年齢を追い越してしまう。

あと十年。十年後など想像もつかない――遠い未来の、けれどたったの十年。

どうせ幽霊が出るならば、会ったこともない広瀬天也ではなく、母の幽霊が出てくれればよかったのに。

みんなは未来のことを考えてるんだろうか。そんなことも思う。彩花も美也も、他の友人たちも。

「……短大かぁ」

受験は目と鼻の先に迫っているのに、まだずっと先のことのような気がした。

歳をとることなど、昔は考えたこともなかった。永遠の十六歳と――それはもちろん冗談だったのだが、心の底では願っているのかもしれない。将来の漠然とした不安に、まっすぐ向き合うことをしたくなかったから。

どこへ行ったらいいんだろう。と、ぼんやりと思う。

目先の進路のことだけではなく。

いつもより遅い電車に乗ったせいで、自宅最寄りの駅に着いたときには、時刻はすでに九時に近かった。

寄り道をして帰る日としては、極端に遅いというわけではない。休前日だったら、終電まで遊ぶこともめずらしくはない。父も和美も、最初の頃は不満を口にしたが、寛容になったのかあきらめたのか、今ではもう、帰宅が遅くなってもそう怒ることもない。が。

「やば。もうこんな時間じゃん」

帰宅を急いだのは、今日が火曜日だったせいだ。九時から観たいドラマがある。リアルタイムで観たかったから、なんとか頑張って帰らなくては。

駅から家までの間には、大きな公園がある。

昼間や、週末の夜なら賑やかなその場所も、平日の夜はさすがに人通りが少ない。公園を突っ切れば多少は早く帰れるけれど、物騒だからと普段は通ることを避けていた。ショートカットといっても、たかだか三分かそこらだ。

けれどこんなときは、その〝たかだか三分〟が貴重だ。

（えーと、オープニングには間に合わないにしても、最初のコマーシャル明けくらいにはなんとかいけるよね？）

頭の中で公園の地図を描き出す。子どもの頃から知っている場所だ、夜道でも迷うことはないだろう。

よし、と気合いを入れて、悠里は小走りに公園へとすべり込んだ。

憩いの場として作られたその公園は、植物が多い。遊歩道沿いに植えられた樹木は、夏の夜空に悠々とその枝を伸ばし、街灯が地面にその葉陰を描き出している。風が吹くたびにちらちらと揺れる、モザイクのような陰影。そして季節ごとに咲く花壇の花々。常夜灯に晒されて、ぽうと浮かび上がっているのはサルビアだ。

見慣れた場所のはずなのに、時間帯が違うというだけで、まるで見知らぬ場所のようだった。

携帯電話を片手に、時刻を確認しながら悠里は足を進める。ずっと走り続けるだけの体力はない。走ったり歩いたりをくり返して、なんとか間に合う程度に帰り着ければそれでいい。

ざざ、と風に枝が鳴る。ざ、ざざざ、ざざざざざ。

夜に響く、悠里の足音。

喧躁が葉音に取り込まれて、夜の空に渦巻いている。遠く電車の音。遮断機。車の音にクラクション。誰かの足音。かすかに音楽。ざ、ざざざざ、ざざ——。

ゆぅぅぅうーりいいいい……。

ざざ、と、耳の端に異音が飛び込んでくる。ざざと葉音に紛れて。

「悠里ちゃん」

耳もとでささやかれた。今までになくクリアに。

悲鳴を飲み込もうとしたその瞬間、ぐいと強い力で引かれた。背後から伸びた男の腕が悠里を抱きすくめ、口をふさいだ。

「やっと……二人きりに、なれたね」

息遣いの荒い、低い低い声だった。

「誰——」

広瀬天也ではない。それだけはわかった。まわされた腕が太い。遺影の彼の、あの線の細さとは明らかに違う。

安堵と恐怖は同時に訪れた。幽霊のような、得体の知れない存在ではないのだという安堵。そして、実体を持つ人間が相手なのだという恐怖。現実に存在する男の腕は、その気になれば簡単に悠里を絞め殺せるのだという恐怖。

「……こんな、人気のない場所に誘うなんて、悪い子だな」

ふふふ、と耳もとに息がかかる。生暖かく、ねっとりと。息が上がっているのは走ってきたからなのだろう。走る悠里を追って。

「……やだ……っ、やめ」

もう片方の手が、悠里の首すじに触れる。首を絞められるのか、と思ったら、その指先はゆっくりと首をなぞって頬へと向かい、次に髪に触れた。撫でられている。

ああああ、と、呻《うめ》きのような吐息が耳もとで吐き出される。熱い息が、耳から首すじに、ぞわりとはりついていく。

「ほんと、恥ずかしがり屋さんだな。何度も連絡したのに、電話もかけ直してくれないし」

「な……」

愕然《がくぜん》とした。

名前を呼ばれた時点で、行きずりの通り魔でないことはわかっていたとはいえ、まさか――。

「あ……んた、だったの」

霊は電話なんてかけないよ。真那の台詞を思い出す。つまり無言電話の主はこの男だったということか。

「こっち向いて。ああ、やっぱり写真で見るより本物のほうがずっと可愛いな」

身体はそのままに、首だけをぐいとひねられる。街灯の明かりはあるが、逆光になってその男の顔はよくは見えない。年の頃は三十くらいだろうか。吐息にあわせてかすかに動く唇が、うねうねとうごめく不定形の生物であるかのような錯覚《さっかく》に陥った。

「や……やだっ、離して……っ！」

圧倒的な嫌悪感に、吐き気がした。

身をよじるが、男の力は強い。その腕をふりほどくことはできそうになかった。密着した肌に汗が流れる。暑さのせいではない。冷や汗だ。

携帯電話には緊急通報機能があるはずだ。そう気づいたが、やり方を憶《おぼ》えていない。気づかれずに警察に電話さえできれば。通報、という形ではできなくても、一方通行の通話でも、会話の内容で、事件に巻き込まれていることは伝わるだろう。あとは、悠里がうまく、現在地を会話の流れの中で口にできれば。

「デート中に携帯いじるのはマナー違反だな」

手探りでなんとかできないかと苦戦したが、気づかれてしまった。こんなときに他の人のことを考えちゃ駄目だろう？　と、悠里の手首を強い力で絞め上げる。

「い、痛……」

腕の力が抜けていく。指先が痺《しび》れる。持っていられない。

かつーん、と音を立てて、携帯が落ちた。男は迷わずにそれを蹴り飛ばす。がさりと音を立てて携帯は藪《やぶ》の中に消える。

「ああ、ごめんね、痛い思いをさせるつもりじゃなかったんだ。でも、こんなときは俺だけをちゃんと見ててくれなきゃ。ずっと待ってたんだから」

抱えられたまま引きずられ、芝生の上に突き倒された。

一瞬解放された、その隙に逃げ出せればどれほどよかったかしれない。

けれど、体勢を立て直す間もなく、巨体に覆いかぶさられて、息が詰まった。

「やめ……っ！」

大声を出そうとしたとたん、頬を張られた。

「大丈夫だよぉ。やさしくするからさぁ」

ざ、ざざざざ。風が強くなる。頭上の樹が騒いでいる。ざざざざざ。頭の中で増幅されて、ひどい雑音になっていく。

「悠里、ちゃん」

その声はひどく耳障りで、雑音に重なって、耳だけでなく頭蓋にまで響く。

殺されるかもしれない。

奥歯がかたかたと鳴って、手足がこわばっていく。されるがままだなんて冗談じゃない。けれど、もしも逆上されでもしたら、悠里の力では、どうやったって勝てない。

（助けて）

もう声も出ない。怖い。

あたし死ぬのかな。そう思う。頭の中がぐちゃぐちゃで、風の音の中にたくさんの幻聴を聞く。走馬灯には音バージョンもあるのだろうか。悠里、と呼ばれる。母に。父に。美也と彩花に。ハルトに。悠里。ゆうーり。ゆゆゆゆゆー……。

耳鳴りのような金属音が響いた——と同時に、ぱぁん、と頭上の街灯が破裂した。

（何……）

それまで聞こえていた雑音が、ぱたりと消えた。

明かりが消えて一瞬視界はひどく暗くなり、けれど次の瞬間には月明かりが蛍光灯の破片を照らし出す。割れたガラスが落ちるのに、そう時間のかかるはずがない。わかっているのに、視界に映るそれは、ひどくゆっくりとした動きに見えた。

静寂の中で、きらりきらりと光りながら、無数のガラス片が降ってくる。

スローモーションの、サイレント映画のようだ。

悠里は大きく目を見開いたままで、それを見つめていた。

降ってくるのは鋭利な破片だ。危険だ、と、それがわかっていながら、意識のどこかでその光景に見とれていた。

「うわあああああああ！」

男の悲鳴で我に返った。

「逃げて」

月明かりだけになった夜の中から、誰かの声がした。

痛みにのたうつ男のもとから逃れるのは難しくはなかった。いくつかの破片が男の身体を傷つけたのだろう。どこか太い血管でも切ったのか、だらだらと流れ出す血が、夜の中では奇妙なまでに黒々と見えた。

悠里の腕にも血。

男の身体を押しのけたときに付いたものだ。降りそそいだガラス片が、悠里にはかすり傷程度しか負わせなかったのは不思議だった――いくら、男の大きな背中が盾になっていたとはいえ。

「そこの藪の中。携帯拾って。すぐ通報して」

声に導かれて、悠里はがさがさと携帯を拾う。さいわいなことに壊れてはいないようだった。指先がふるえて、うまく操作できない。1、1、0。ただそれだけの数字を押すことが、こんなに難しいとは思わなかった。

あの男に捕まえられないよう、少しでも遠くに離れようと思うのに、足がいうことをきかない。その場にしゃがみ込んで、がくがくとふるえる。今さらのように。

声もふるえた。事故ですか事件ですかと問いかけてくる声に、何を言えばいいのかわからなかった。

「助けて。殺される」

現在地を告げるだけで精一杯だった。お願い早く来て、助けて、と。

「……なんで……っ！」

突き刺さった破片を振り落としながら、男が立ち上がる。闇に慣れ始めた目に、男の表情がくっきりと見えた。手負いの獣。すさまじい形相はまさにそのものだ。

「なんで、なんでこんなひどいことするんだよ⁉　誘ってきたのはそっちのくせに！」

「きゃ……！」

無意識に腕が動く。反撃しようと、そう思っていたわけではない。強い風にぐうんと押されるように、知らない間に腕は勢いをつけていた。

再び悠里を捕らえようと襲いかかってくる男の、その顔面に悠里の鞄がヒットした。

「ぶ」

潰れたカエルのような声を立てて、男はそのまま仰向けに倒れた。意識こそ失ってはいないようだったが、ダメージは相当のものだったのだろう。うう、と呻き声を漏らしている。おそらくしばらくは立ち上がれないだろう。

手負いであったことがさいわいした。そうでなかったら、悠里の力では到底倒すことなどできなかっただろう。

音が戻ってきた。木々のざわめき。遠く街の音。耳の端が、パトカーのサイレンを捉える。助かった。

安堵の息を漏らして、それから悠里は、はたと気づいて周囲を見まわした——誰もいない。耳を澄ます。ずっと聞こえていたはずの雑音が消えていた。悠里を呼ぶ、あの声がもう聞こえない。

「……広瀬天也？」

夜の中に目を凝らして、彼の姿を探そうとする。淡い月明かりの下、こんな時間、こんな場所。幽霊が佇むには絶好のロケーションだというのに、どれほど探してもその姿は見つからなかった。ぼんやりとした影さえも。

ざざ、と、答えるのは、ただ風ばかり。

未遂では警察はたいしたことはできないと思っていたのに、男がきっちりと逮捕されたことは驚きだった。悠里の頬が赤くなっていたから、暴行罪として対応してもらえたのだろう。

事務室のような部屋で、女性の職員に調書を取られた。性犯罪の被害、とはいえ、さいわいにも未遂だ。話すことはつらくはなかった。そもそも話すことがそう多いわけでもない。

ええ公園でいきなり背後から抱きつかれて。会ったこともありません――でも向こうはあたしを知っていたようです――最近ずっと無言電話がかかっていました。

証拠さえあれば、ストーカーとしても立件できると聞かされ、悠里はわずかに安堵した。

通話記録があるだろうし、写真がどうのと言っていたから、盗撮した悠里の写真を持っているはずだ――おそらくは何枚も。

少しでも罪は重いほうがいい。たとえ実刑が無理でも、周囲に顔向けできずに引っ越しを余儀なくされるような、その程度には重いほうがいい。

「もうすぐおうちの方がお迎えに来ますからね」

　警察署に連れていかれたせいで、歩いて帰れる距離ではなくなってしまった。まだ終バスは残っていたからそれで帰ることもできたのだが、それはさすがに、やめなさい、と止められた。物騒だというのはもちろんだけれど、おそらく精神的に不安定だからと心配されたのだろう。たしかに、あんなことがあったあとで一人きりで帰るのは、不安で仕方なかった。

　大丈夫だよ、と、抱きしめてもらいたかった。怖かったね、でももう何も心配しないでいいんだよ、そう言って背中を撫でてもらえたら、どんなに心が落ち着くだろう。

　――誰に？

　今さらのように指先がふるえて、悠里は自らの肩を抱く。誰に抱きしめてもらいたいのだろう。父とは最近まともに会話を交わしてすらいない。素直にその腕の中にいられるだろうか？

　迎えの人が来ましたよ、と言われて、立ち上がって振り向く。

　ドアのところに立っていたのは和美だった。

「……なんであんたが来るのよ」

つぶやいて、そのとたん、涙があふれそうになった。泣かない、ただそれだけのために言葉を飲み込む。

和美は警官に頭を下げて、さあ、と悠里をうながした。タクシーが待っているから、と。

「……パパは?」

部屋を出て、正面玄関に向かいながら、やっとの思いでそれだけを訊く。

「滋《しげる》さんは、まだお仕事よ。すぐ帰ってくるって言っていたけど、家に着くにはまだ少し時間がかかりそう。だから私が迎えに来たの。悠里さんが、一人で警察署にいるんじゃ心細いだろうと思って。少しでも早く帰ったほうがいいじゃない?」

初めてのことでもないのに、和美が父の名を呼んだ、ただそれだけの事実に嫌悪がつのった。

なぜ、父は、ただ父というだけの存在ではないのかと思う。

滋——と、けっして悠里が呼ぶことのないその名を呼ぶ女がいる。名前を突きつけられたそのとたん、父の存在はただ〝一人の男〟になり、悠里からまた遠く離れていく。

「迎えに来てもらわなくたって、タクシーだったら一人でも帰れたわ」

そう言い捨てて、先にタクシーに乗り込んだ。

和美と話すことなど何もない。それはいつものことだったし、ましてやこの状況下だ。いつもはあれこれと声をかけてくる和美もさすがに今日ばかりは言葉少なで――おそらく悠里を刺激しないようにという配慮だろうが――だから車内でもずっと無言のまま過ごして、自宅へ戻った。

父はまだ帰っていなかった。

最初から期待などしていなかったし、知らせを受けてすぐに会社を出たとしても時間がかかるのもわかっている。それでも、待っていてもらえたならどれほどよかったか、と思う。

多少遅くなっても、父が警察署に迎えに来てくれればよかった。和美を迎えによこすだなんて、いくらなんでもデリカシーがなさすぎる。

男の指の感触がまだ皮膚に残っているような気がして、悠里はすぐにバスルームに向かった。手早く、けれど丹念にシャワーを浴びる。全部流してしまえ、と思う。感情も感覚も記憶も、何もかも。

寝間着代わりのTシャツに着替えると、悠里は脱衣籠の中から制服のブラウスを取り出す。あらためて見ると、思った以上に汚れていた。破れてこそいないものの、白い生地ゆえ、血のしみや土汚れがひどく目立つ。

部屋に戻ろうと廊下に出たときに、リビングの入口で所在なげに佇《たたず》んでいる和美と目が合った。彼女は彼女なりに悠里を気にしているのだろう。

「これ、捨てといて」

悠里がブラウスを押しつけると、和美は驚いたように口を開いた。

「大丈夫よ、落ちない汚れじゃないわ。クリーニング屋でしみぬきすれば、多分綺麗になると思うわよ？」

「捨てて。そんなのもう着たくない」

あの男の血が染みついた服など、誰が着たいと思うものか。

外で車の停まる音がした。父が帰ってきたのだろう。

「あたしパパには会いたくないから」

タイミングを完全に逸してしまった。今さら腕の中に飛び込めるわけがない。ましてや和美がいるこの場所で、なんの会話ができるというのだ？

玄関のドアが開くよりも早く、逃げるように悠里は階段を上って部屋へと駆け込んだ。後ろ手にドアを閉めて、迷わずに鍵をかける。

玄関のドアが開く。わずかに話し声がする。ゆっくりと足音が階段を上って、そしてノックの音がする。

「悠里」

父の声を聞くのは、ずいぶんと久しぶりのような気がした。最近は、顔を合わせても言葉ひとつ交わさない日が多い。

「悠里」

もう一度呼ばれる。心配してはいるのだろうか、いつもとはわずかに声音が違う。

「来ないで。あたしは大丈夫だからほっといてよ！」

しばしの沈黙ののちに、ドア越しにゆっくりと父が動く気配がした。足音が遠ざかっていく。悠里はドアに背中をもたせかけ、そのままずるずると、崩れるように座り込む。

「……広瀬天也。いるんでしょ？」

初めて、彼の出現を願った。

「あんたがあたしを助けてくれたんでしょ。あの男のこと、気づいてて、それであたしを守っててくれたの？　ねえ、返事してよ」

明るい中では出てこないのか、と思って、部屋の電灯を消した。時計の電光表示だけがぼんやりと光を放つ室内に、けれど天也は姿を現さない。

悠里は耳を澄ます。ずっと聞こえていた天也の声。ひどいノイズの隙間から、悠里を呼び続けるあの声。それが、今はもう聞こえない。

消えてしまえと、あれほど罵《ののし》ったときにも、けっして悠里を離れようとしなかったあの声が。


誰かにそっと、頬を撫でられたような気がして目覚めた。

まだ朝は遠い。ぼんやりと夢と現実の狭間で揺れながら、悠里はおだやかな声を聞く。

「……大丈夫?」

もはやノイズは存在しない。あの、公園で街灯が割れた瞬間に、チューニングがぴたりと合ったのだろう。そういえばあのとき、逃げろとささやいたあの声も、雑音のないクリアな声だった。

夜の中に佇む、そのひとの姿は淡く儚《はかな》い。

彼の顔を見るのは初めてではないのに、初めて会ったひとのような気がした。悠里はその顔をまっすぐに見つめる。目をそらしたら、きっとまた忘れてしまう。これといった特徴のない彼の、けれど彼しか持たないその表情を、しっかりと目裏に焼きつけておこうと思う。

天也は笑っていた。

未練を残してこの世を去ったひととは思えない。それほどまでに、おだやかにやわらかく笑っていた。

「これは夢なの？」

起きあがらないままに、そっと問いかける。

どちらでも——と、天也は笑う。きみが夢にしたいならそれでいいし、現実にしたいならそれでいい。

「ねえ。ずっと、そんな声であたしのこと呼んでたの？　そんな顔であたしのこと、見てたの？」

どこにでもいるような顔立ちの天也の、けれどその表情だけは誰とも違う。そんなやさしいほほえみを、悠里は今まで見たことがなかった。

ただひたすらに、愛《いと》しいものを見つめているその表情。何ひとつ不満のない、充足の笑み。これまでにつきあってきた彼氏の誰にさえも悠里はそんなふうに見つめられたことがない。

なぜ、悪霊だなんて思ったんだろう。

「きみが、無事でよかった」

その声が耳に心地いい。

寝起きで頭がぼんやりとしているせいなのか、それとも彼の声が厳密には声とは違う別のものであるせいなのか。ささやくような響きはふわりと耳に舞い降りて、瞬間、戸惑うようにその場にとどまったあとで、口の中の小さな砂糖菓子のように、ほろりと崩れて溶けていく。

心地よさに、眠くなる。

何か言いたいことがあったはずだ。ああそうだ、助けてもらったお礼を言わなければ。口を開いて、そのまま静止してしまう。うまい言葉が見つからない。伝えるべき言葉に戸惑う悠里を見て、天也はまたほほえんだ。

「きみが好きだよ」

そんな台詞は、聞き慣れていたつもりだった。少しも特別じゃない、ありふれた言葉だと思っていた。

なのに今、どうしてこんなに胸に響くのだろう。

話を聞きたい、と思った。

あなたはあたしのどこを好きになったの？　どうして、そんなふうに笑っているの？

言葉を口にする前に、圧倒的な眠気に襲われた。昨日まであれほど眠れなかったのに――広瀬天也が部屋にいると思えばこそ眠れなかったのに――今はまどろみが心地よい。

また、頰に触れられたような気がした。おやすみ、と、ささやかれた気がした。

好きだよ、と、呼びかけてくる声がある。

夢の中でも。

5

校門の前で人を待つという光景は、めずらしいものではなかったが、自分が待つ立場となると話はまったく別だった。

もともと待つことには慣れていない。まして自校ではなく他校の前だ。覚悟してはいたけれど、その居心地の悪さは予想以上だった。

注目されることには慣れている。けれど、街なかでの羨望の視線とは性質が違う。

下校する生徒たちは、もちろん自分のテリトリーだという理由なのだろうが、遠慮なしにじろじろと悠里を覗き込んでは去っていく。これがもっと他の場所なら、たとえば公園でも駅前でもコンビニでも、どんなに長い時間佇んでいたところで、こんなあからさまに見られることはなかっただろう。

けれど、他に待ち伏せする場所を思いつかなかったのだから仕方ない。

もう一時間以上待っている。もしかしたらもう帰ってしまったんだろうか、と不安になった。授業が終わるなり、ホームルームも掃除当番も無視して駆けつけたのだが、だからといって彼の下校時刻に間に合ったとは限らない。

(休みだったりしたら無駄足だけど)

それに、裏門から帰宅したという可能性だってある。どのくらいまでなら待てるだろうかと、ぼんやりと考えた。暗くなるまで待つ？　――まさか。夏の日は長い。日没まで、いったいあとどれくらいあるというのだ？

ふうと息をついて、門柱に寄りかかる。

少しも気が抜けないせいで、疲れてきた。知り合いならば、通りかかればすぐに声をかけられる。でも、一度や二度会っただけの相手では、ちゃんと顔を憶えているかも不安で、通りかかる男子生徒全員に意識を尖らせていた。ここまできて見過ごすわけにはいかない。

「誰、待ってるの？」

見知らぬ男子に声をかけられた。

「ずっと待ってるみたいだけど。もしなんだったら、呼んできてあげようか？　何年何組の誰？」

悠里は口を開きかけて、けれど首を横に振る。多分三年生だと思うが、確信はない。

学年すらも曖昧なのに、クラスまで知るはずもなかった。そういえば名前の記憶すらもあやふやだ。岸谷？　岸本、だったかもしれない。そんな感じの名前。

記憶を探っていると、あれっ、と声をあげられた。

「塚原悠里さん？」

顔を向けて確認する。大柄で無骨な印象の少年。そう、たしかこの人だ。

「何やってんだよ、こんなとこで」

「何って。あなたのこと、待ってたんだけど」

「……はあ？」

その声に、少なからず不愉快になった。単なる疑問としての返事ではない。その声も表情も、明らかに悠里のことを拒絶している。

「悪いけど、俺、あんたと話すことなんて何もないから」

さっさと背を向けて去っていこうとする彼を、悠里は追って、腕をつかんだ。歩幅が広い。自然、引きずられて小走りになってしまう。

「待ってよ。用件くらい聞いたっていいんじゃない？　あたしがどれだけ待ったと思ってんの」

「知るかよ。勝手に待ってたんだろ」

「その言葉そっくり返す。あんただってあたしのこと勝手に待ったじゃない。でもあたしは、ちゃんとお葬式につきあったわよ？」

彼はぴたりと足を止めて、ふざけるなよ、と悠里を睨み据えた。

「金、ないぞ」

「……は？」

今度は悠里のほうが尋ねる番だった。なんの話だろう。

「なんの言いがかりをつけに来たのかは知らないけど、あんたに渡す金なんか、びた一文残ってないからな」

「……ばかじゃないの？」

よく思われていないことくらい知っているが、それにしたってその言い方はないだろう。

「お金なんて親にねだればすむ話じゃん。なんでわざわざ、時間かけてこんなところまで来なきゃなんないわけ？」

悠里は鞄の中から財布を取り出すと、一万円札を引き抜いて、彼に差し出した。

「これ返す。だから、ちょっとそこまでつきあってよ岸本くん。喫茶店かファミレスか、どこでもいいけど、落ち着いて話せるとこ」

「……岸川」

「え?」

「岸本じゃなくて岸川だ。人の名前、間違えんなよ。失礼なやつだな」

それから岸川は、悠里の手の一万円札を一瞥して、しまえよ、と言った。

「受け取るかどうかは話を聞いてから決める。うまい話には、大抵落とし穴があるからな」

つまり、悠里はまったく信用されていないということだ。

それも経緯を思えば無理はないのかもしれない。岸川が初めて悠里の前に現れたあのときも、葬儀のときも、悠里は不遜で傲慢な態度を崩さなかったのだから。

悪く思われているのは承知で、だから、本音を言えば会って話をすることには抵抗があった。

けれど、他に誰も思いつかなかったのだから仕方ない。

岸川は怪訝な顔をして、それでも悠里を連れてファミレスに入った。席に案内されるなり、メニューも見ずにドリンクバーをふたつオーダーする。万が一にもそれ以上は奢りたくない、そういうことなのだろうか。グラスにアイスティーを注ぎながら、つまりまだあたしがたかってくることを警戒してるってわけね、と悠里は不機嫌になる。信用されていないにも程がある。

「……で、なんの用だよ？」

席に戻るなり、そう切り出された。さっさと話をすませて帰りたいのが見え見えだった。

「広瀬天也のことなんだけど」

「呼び捨てにするなよ、知りもしないくせに」

いきなり出鼻をくじかれて、悠里は面食らう。べつに悪気があったわけじゃない。芸能人や有名人や、プライベートを知らない相手を呼び捨てるのと同じ感覚で口にしただけだ。

けれど岸川にとっては、天也はそういう存在ではないのだ。そんな配慮が必要なことを、すっかり失念していた。

岸川の表情はわずかに硬い。それもあたりまえなのかもしれない。いろいろなことがありすぎて、もうずっと以前のことのように思っていたけれど、広瀬天也が亡くなったのは、まだたったの二週間前だ。二週間。親しい人の死から、立ち直れるほどの時間じゃない。

「……ごめんなさい、無神経で」

悠里が謝ると、えらく殊勝なんだな、と、岸川は驚いたような顔をした。

「天也がなんだって？」

「何って……うまく言えないけど、どんな子だったのかなぁって、気になって。他に天也——くんのこと、教えてくれそうな人なんて思いつかなかったし」

幽霊が出た、なんて、本当のことは言えない。

頭の固い大人が相手ではないから、信じてくれるかもしれないとは思う。それでも、相当つきあいの深かったであろう岸川や家族のもとへも現れない天也が、悠里ごときのもとに現れたと知って、いい顔をするわけがない。

言えない理由はそれだけではない。

口に出してしまうと、すべてが嘘くさくなってしまうような、そんな気がしたのだ。あの声を。あのささやきを。あの空気を。いったいどんなふうに伝えられるのか。

「今さら、あんたが天也のことを知ってどうするんだよ？」

「……どうもしないけど」

今さら、ということはわかっている。

「でもそれを言うんだったら、お葬式のときだって同じことだったじゃない？　あたしが天也くんのお葬式に行ったたって、彼はもう死んでたんだから、今さらじゃない？

病院で、息のあるときだったらまだしも、死んだあとに」

「……だよ」

「え、何？」

「やっぱ、あんた無神経だよ。死んだ死んだ言うなよ。わかってても結構こたえる」

「……ごめん」

「まあいいよ。関係ない人間にとってはそんなもんだよな」

　苦い表情で岸川は笑う。

「で、天也の何を聞きたい？」

「なんでもいいよ。だって、何も知らないもん。適当に思い出話とかしてくれれば」

　岸川はしばらく無言のままでコーヒーを啜《すす》って、それから、何から話したらいいかなぁ、とつぶやいた。

「天也はさ、カブトムシ捕るのうまいんだよ」

「……カブトムシ」

　なんでもいい、と言ったものの、いきなり虫の話が出てくるとは思わなかった。あまりに予想外の内容で、反応に困る。

「小学校に上がったばっかりの頃かな、田舎のばあちゃんちに行ったとき、近所の子どもたちと一緒にカブトムシ捕りに行って。みんな、それなりに捕ってたけど、天也が一番たくさん捕ってたんだ。カブトムシと、クワガタと。あと幼虫もさ。天也は普段は目立つやつじゃなかったけど、そのときは一躍ヒーローでさ。ちやほやされるの見て、俺、なんか悔しかったんだよな」

虫捕りでヒーロー、という感覚は、悠里にはよくわからない。それでも、男の子にカブトムシが人気だということは知識としては知っているから、そういうものなのか、とは思う。

「どうやって捕るんだって訊いたら、特別なことは何もしてないよ、って、そう言うんだ。ただ探してるだけだって。このへんにいるんじゃないかな、と目星をつけて探すと、ちゃんとそこにいるんだって。でも、じつは何もしてないわけじゃないんだよな。天也はちゃんと……たとえば、風がどういう向きで吹いてるかとか、どの木に樹液が滲んでるかとか、他の虫がどんなふうに木に集まってるかとか、そういうの、ちゃんと見てるんだ。多分本人は無意識なんだろうと思うけど、でも、ちゃんといろいろ見て、総合的に判断してたんだよな」

「……あのー。あたし、カブトムシの捕まえ方を聞きたいわけじゃないんだけど」

「天也の話だろ。わかってるよ」

岸川はもうひとロコーヒーを飲んで、ふう、と大きく息をつく。

「天也はそういうやつだった。なんていうのかな、みんなと同じようにしていても、石ころの中からダイヤを見つけだせる、そんな感じの。だから俺は、同じことをやっていても――そりゃあ向き不向きがあるから俺のほうが優れているものもあるけどさ、でも、あいつにはかなわないなって、いつもそう思ってた」

「ずいぶんご執心なのね」

男の友情とはそういうものなのだろうか、と悠里は不思議な気持ちになる。悠里だったら、かなわないと思う相手と親しくしていようとは思わない。自分が格下だと、そんな気持ちになるのはまっぴらだ。

「お葬式のときも、みんな制服姿だったのに、あなただけ喪服だったじゃない。あたしのことだって、いくら故人へのはなむけっていっても、そんなわざわざ土下座してまで。ただの友人にしては、ずいぶんじゃない。なんでそこまでするの」

やっぱり恋愛感情があったんじゃないの、と言いかけたとき、従兄弟《いとこ》なんだよ、と返された。

「近所に住んでる同い年の従兄弟だから。子どもの頃からずっと一緒だし、兄弟同然だったんだよ。特別なのは当然だろ？」

「……そっか」

　喪服を着ていたのは、親族だったからなのか。

「中学のときに、いじめってわけじゃないけど孤立してる女子がいてさ。そういうときって、お節介なやつがいい子ぶって話しかけたりとかするじゃん。そういうのってただの自己満足なんじゃねぇの、って思ってたら、天也もその子と話したりしてたんだ。はっきり言ってそいつ暗い顔した地味なやつだったし、なんであんなやつの相手するんだよ、って訊いたら、でもあいつ歌うまいんだよ、って言ったんだよな」

　きっとあたりまえのような顔で言ったんだろうな、と悠里は思った。夢の中の彼の笑顔を思い出す。あれよりももう少しだけ幼い日の彼は、けれど大人びた表情で岸川にそう言ったのだろう。あいつ歌うまいんだよ。

「で、音楽の時間とかによく聞いてみたらさ、本当にうまいんだそいつ。なんていうか、そういう才能があるんだったら他に多少欠点があってもべつにいいか、ってくらいに。実際、高校は音楽系のとこに進学したみたいだけど」

　その子に限ったことではない。女子生徒に限ったことでもない。たとえば爪の形がいいとか、歩き方が綺麗だとか、ハンカチにいつもアイロンがかかってるとか、字がうまいとか、そういうことに天也は本当によく気がついたのだという。

「多分天也は、人間が好きで、人生そのものを楽しんでたんだなぁって思うよ。特に遊びに行ったりとかそういうことしなくてもさ。日常生活をとことん楽しめるやつで。だから……」

わずかに台詞が詰まった。涙をこらえているのかもしれない。

「……だから、みんな天也が好きだった」

話を聞いただけでは、悠里はまだ天也の人生を感じ取ることはできない。けれど、存在を過去形でしか語れない、その事実がせつなかった。好きだよ、とささかれた夜を思い出す。あの声の主は、もういないのだという事実を、あらためて突きつけられる。

「天也さ、あいつ、見た目はすっげー普通だろ。だけど、あれでいてバレンタインには毎年たくさんチョコレートもらってたんだぜ。少しよこせよって言ったけど、甘いもの好きでもないくせに、時間はかけてたけど全部食べてた」

「……なんか、意外」

葬儀に参列していた同級生たちの、あの涙は感傷でも場の雰囲気に呑まれたわけでもなく、素直な哀惜だったということなのか。

自分が死んだら、誰が泣いてくれるのだろう。ぼんやりとそんなことを思う。遊び仲間は多くても、悠里の人生そのものを惜しんでくれるような、そんな人はどこにもいない気がする。

「俺は、天也は絶対に、他のやつが選ばないような子を好きになるんだと思ってた。天也にしかわからない、でも、言われてみればそれがすげえ魅力的な。みんなが、どこから見つけてきたんだよってびっくりするような。……だから、じつを言うと、天也があんたのことを好きだって知ったとき、ショックだったよ。なんでそんな、わかりやすい相手を選ぶのかって」

「わかりやすい……って」

「顔とかスタイルとかさ。天也はそんな、表面的な部分だけで人を好きになるやつじゃないと思ってた。なんか……裏切られたような気がしたんだよな」

「……もしかしてあたし、すっごく失礼なこと言われてない？」

見た目しか取り柄がない、と言われているようにしか聞こえない。けれど喰《く》ってかかれないのは、それがあながち間違いでもないからだ。外見を取ったら、あとは何も残らない。悠里自身でさえそう思う。

岸川はばつの悪そうな顔をして、ごめん、と小さく謝った。

「内面なんて知らないんだからしょうがないだろ。でも一応美人だって褒めてんだぜ。

……俺、天也がいなくなってから、あんまり頭がまわらないんだ。勘弁してくれよ」

悠里は軽く肩をすくめて、しょうがないわね、と言った。しょうがないのだ。大切な人を亡くしてまだ日も浅いのに、感情を抑えろというほうが無理な話だ。

これ以上話させるのは酷だろう。そう思って、ありがとう、と言って悠里は伝票を取って立ち上がる。

「いいよ、俺が払う」

「じゃ、ここから払って。おつりは取っといてよ」

悠里は躊躇せずに一万円札を岸川に差し出した。もともと岸川の金だ。

彼はしばし逡巡《しゅんじゅん》したようだったが、それでも小さく頷いて札を受け取った。

会計をすませて、ファミレスの前で別れることにした。送ってもらわなければならないような時間でもないし、そもそも帰る方向が違う。

「念のため、連絡先、教えてくれる？　また、もしかしたら何か訊きたいことがあるかもしれないし」

友達のように話すことがあるとは思わない。それでも、このまま別れてしまっては、天也との接点が消えてしまうような、そんな気がした。

「ねえ」

帰りかけて、悠里はふと振り向いて岸川に訊く。

「あたしは、天也くんに、好かれたことを誇りに思ってもいいの？」

誰からも好かれる彼に選ばれたことを。人を、人生を慈しむ彼が、他の誰でもなく悠里を選んだことを。

「思っていい。ってか、思えよ」

夕焼けが、わずかに彼の顔に影を落としている。岸川はかすかに笑っていたが、それでもふるえる声に、彼は泣いているんだな——と悠里は思った。

たとえ涙は流していなくても。それでも、泣いているのだと。


恋人同士だった、と、あの男は主張したらしい。

コンビニのレジ待ちで順番を譲ってくれた。好きでもない相手にそんなことをするはずがない。だから彼女のほうから俺にアプローチしてきたのだし俺はその気持ちに応えただけで何も悪いことはしていない。

唖然とした。同じタイミングでレジに並ぼうとして、『お先にどうぞ』と言っただけで脳内彼女認定されてしまっていたというわけだ。

男の部屋からは、何枚もの悠里の写真が出てきたという。

通学途中や外出先のものだけではなく、悠里の部屋の写真さえもあった。いったいいつ忍び込んだのか、ベランダに隠しカメラを仕掛けていたらしい。感じた視線のいくつかは、カメラのレンズ越しのものだったのか。

もちろん隠しカメラだから、アングルとしてはたいした写真を撮られているわけではない。それでも、下着姿やそれに近しい格好の写真も何枚か混じっていて、今さらながらにぞっとした。

天也はそれを知っていて、だから、ずっと警告しようと悠里に呼びかけていたのか。そして、あの男が逮捕されたから、悠里のもとに姿を見せなくなったのか。

岸川に天也の人となりを聞いて、余計に、お礼を言っておかなかったことを悔いた。天也は悠里を助けようとしていたのに——あの晩、たしかに助けてくれたのに——悠里が天也に投げかけた言葉といえば、罵倒や悪口ばかりだった。

このまま、ありがとうも言えないままで終わるのだろうか。

校舎の屋上で、手すりに身体を預けたまま、悠里はぼんやりと空を見上げていた。目にしみる青。入道雲。いつの間にこんな夏空になったのだろう、と思う。

明日からは夏休みに入る。高校生最後の夏だ。夏休みだからといって子どもの頃のように浮かれることはないけれど、それでも特別であることには変わりはない。どう過ごそうかと、考えようとしてもどうにも思考がまとまらない。

美也は予備校に行く。彩花はバイト。ハルトは知ったことじゃない。

「……塚原さん？」

声をかけられて視線を移すと、そこにいたのは荒木真那だった。

「あ、ごめん。ここ荒木さんの指定席だったっけ」

悠里はわずかに立ち位置をずらす。そういえば、ここはいつも真那が佇んでいる場所だった。

「べつに、私の場所ってわけじゃないけど」

相変わらずの愛想のなさでそう言って、それでも真那はゆっくりと歩を進めて、いつもの場所で立ち止まった。

「みんなもう行っちゃったみたいだけど。いいの？」

彩花や美也や、クラスのみんなが遊びに行ったのは知っている。明日から休みだから。本格的な〝受験生の夏〟を迎える前に、最後に、みんなで騒いでおこうと。

「いいの。遊ぶような気分じゃないから」

進路に悩んでるの、と悠里が言うと、真那は片頬だけで笑った。そんな台詞は信じていないのだろう。嘘ではなかったが、一番の気がかりというわけではなかったから、信じてもらえなくても一向にかまわなかったが。

風が吹く。髪とスカートが揺れる。眼下の木々が、ふるえるように揺れては返す。ざざ、ざ、ざ。波のようだ。

葉擦れの音に、思い出すのはあの夜の悪夢ではなく、おだやかにささやく声だ。かすかなノイズ。笑い声。

「ここ、気持ちいいね。荒木さんがいつも来るのもわかる気がする」

真那はかすかに笑ったように見えた。

「学校内で一番風が通る場所だよ。綺麗に風が通る場所には、悪いものは溜まらないの。だから私は、毎日ここに来るんだ」

真那のことは、以前から、知ってはいたけれど好きではなかった。得体の知れない変なやつ、というイメージで、だから、関わりたくないとも思っていた。それはオカルト的なものに猜疑心《さいぎしん》を抱いていたせいもあるし、どうせまともに会話などできないに決まっている、と思い込んでいたせいもある。

猜疑心は薄れ、まったく会話ができないわけでもないとわかっても、真那に対する印象自体は変わらない。やっぱり、変なやつ、だ。

「祓えなかったでしょ、やっぱり」

突然言われて、そういえばこの間はそんな話をしたんだったな、と思い出した。ほんの数日前のことなのに、もうずいぶん時間が経ったような気がする。あのときはまだ、無言電話に腹を立てていたし、天也の存在を厭《いと》わしく思っていたし、ハルトとも別れていなかった。

「……祓おうとしても祓えなかったのに。なんで消えちゃったんだろ」

悠里がぽつりとつぶやくと、え、と真那は顔を上げた。

「こないだから言ってたのって、男の子の霊のことなんじゃないの。同い年くらいの」

「そうだけど」

「だったら消えてないよ」

「……は？」

「ちゃんと今もそばにいるよ。なんで消えたなんて思うの？」

「今も――いる？」

驚いて、悠里はあたりを見渡した。が、天也の姿はどこにも見えない。昼の光の中では、霊能力のかけらもない悠里に、見えるはずなどないとわかってはいたのだが、それでも捜さずにはいられなかった。

「だって何も聞こえないし」

いつも呼ばれていたのに、聞こえなくなった。だから、いなくなったのだと思った。

「……荒木さん、彼と話せる？」

「前には聞こえてたの？　声」

「うん」

「だったら、多分、本人に話すつもりがないだけなんだと思う。話したくない人に、無理に口を開かせることはできないよ。それが幽霊でも、生きている人でも」

「それはそうかもしれないけど」

悠里に愛想を尽かして、そして口をつぐんでしまったということか。いや違う。もし本当に愛想を尽かしたのなら、そもそも悠里のもとにとどまるはずがない。

「……ねえ。なんで荒木さんは、あたしに憑いてるのが悪霊じゃないって思ったの？　そういうの、一目見てわかるの？」

「わかるのもあるし、わからないのもあるけど」

真那は笑った。ああ、この子もこんなふうに笑うんだ、と、そう思えるようなやさしい表情で。

「だって笑ってるんだもん。幸せそうな顔で笑える悪霊なんていないよ。だから」

（なんで）

笑っていると。ただその事実に、胸が苦しくなった。

（だって死んじゃったのに）

人生を僂んでいたようなひとではない。生きることを満喫して、幸せに過ごしていたひと。何もなければ、あと六十年も七十年も、生きられるはずだったひと。

「……話したいな」

礼くらい言っておきたい、と思っていた。けれど今はそれでは足りない。話したい、と思う。いったい悠里のどこを好きになったのか。世の中にはいくらでも――それこそ他人の魅力を見つけだすことを得手とする天也にとってはなおのこと――素敵なひとはいるというのに。

「ねえ。話すにはどうしたらいいの？　降霊会でもやればいい？　通訳――とはいわないか、でもそういうのってできる？」

「私より塚原さんのほうが得意なんじゃないの？」

「……得意って、何が？」

「人づきあいとか話術とか。私はそういうの苦手だから。どうしても話したいなら、彼が話したくなるような話題を振ればいいいんじゃない」

（話題……って）

呼びかけは何度も続けたつもりだった。いるんでしょう？　と訊いても、どうして？　と問うても、何も返ってこないのに。

うまく話せるといいね、と真那は言い、複雑な心持ちでありがとうと悠里は応えた。真那の台詞は皮肉にも聞こえたが、おそらくは言葉通りの意味しか持っていないのだろう。

屋上の扉をくぐり、のたのたと階段を下りる。遠く、吹奏楽部の練習が、不協和音になって聞こえている。窓の外、グラウンドからは運動部の喧躁が聞こえる。たくさんの人の声。足音。ボールの音。

何を言えばいいのか、ただひたすらに考えた。天也の心を動かすには、いったいどんな言葉が必要なのか。

現実世界の恋愛ゲームだったら、男を落とす台詞などいくらでも思いつく。意味ありげな視線、組み替える脚。指先の動き、グロスで艶を出した唇。

けれどそういった小細工が、いっさい通用しない場所に天也はいる。

そう思いかけて、悠里はふと笑いたくなった。

天也が悠里のどこを好きだったのかは知らない。それでも、おそらく他の男たちと同じような表面的なことではないのだろうと、そんな気がしていた。だからきっと、生きていたときの天也にも、そんな小細工は通用しなかっただろう。

「あたしは何を言えばいい？」

宙空に問いかける。

「何を言えば、答えてくれるの？」

かすかに、空気が揺れたような気がした。風ではなく。

——それでもやはり、返事はない。


まだ明るい時間に、父が戻ってきた。定時で切り上げてきたのだろう、こんなことはめずらしい。

「なんだ、悠里、いたのか」

父にしても、悠里がその時間に家にいるのが意外なようだった。実際、暗くなるまで遊んでいることのほうが多かったから仕方のない話ではあるのだが、放蕩《ほうとう》娘だと思われているのはうれしくはなかった。

「パパこそ。どういう風の吹きまわし？」

「これからまた仕事だよ。出張だ」

「今夜から？」

「大阪に二泊三日。何か欲しいお土産とかあるか？」

「べつに……」

旅の土産をねだるほど子どもじゃない。どうせ黙っていても、父はその土地の銘菓なりなんなりを買って帰ってくる。地味な見た目の饅頭《まんじゅう》を悠里が喜ぶとでも思っているのか。どうせなら有名なパティスリーのケーキでも買ってきてくれればいいのに、と悠里は思う。

急に決まった出張なのだろう。そうでなければ、旅行鞄に着替えを詰め込むのは、父ではなく和美であったはずだから。

ドアは開け放たれていて、リビングから父の部屋が見えた。悠里はソファで雑誌をめくりながら、見るともなしに父の旅支度を眺めていた。急いでいるようではあったが、手伝おうという気にはならなかった。こんなときに手を貸してあげるには圧倒的に普段のコミュニケーションが不足している。

「パパ、三日も留守にするんだ。二十一日まで。ふうん」

意味ありげに言ったつもりだったのに、父はそれには気づいていないふうで、家のことなら和美に頼んでおくよ、と、そう言った。

「パパがいないと淋しいか?」

普段からそう顔を合わせているわけでもない。少し考えれば、三日やそこらの不在で悠里が淋しがるはずなどないと気づきそうなものだ。が、気づかないのは、そうであってほしいという願望があるからなのか。

「あたしは淋しくないけど」

ことさら、〝あたしは〟と強調した。

けれど、〝誰が〟とは言わなかった。

「ごめんな。仕事が終わったら、できるだけ早く帰ってくるようにするから」

「いいよ、べつにゆっくり帰ってきたって。パパがいなくても、どうってことないし」

父は何か言いたげだったけれど、悠里はそれを無視した。

「急いでるんでしょ。さっさと行けば」

冷たく聞こえることは承知だった。それでも、父にその台詞を投げつけた。腹を立てていたのだと思う。父の鈍感さに。

「じゃ、行ってくるから。何か困ったことがあったらすぐに連絡しろよ」

悠里は無言のまま、ただ雑誌を眺めていた。ささやかな反抗だ。誰が気持ちよく送り出してなんかやるものか。

ただ耳だけが父の動きを追っていた。廊下を歩く音。靴を履く音。玄関のドアが開き、そして閉まる音。ドアの向こうのかすかな足音。消えていく足音。

読みかけの雑誌をぐしゃりと握ると、悠里はそのままそれを力任せに壁に投げつけた。

雑誌はキャビネットをかすめて、その上にあった一輪挿しを巻き込んで床に落ちた。小さな花瓶だったのに、驚くほど大きな音を立てて、それは粉々に砕けた。

「なんでよりによってこんな時期に出張なのよ」

仕事だ、と。父が決めたことではないのだと、そんなことはわかっている。それでも、その事実をさしおいてさえも、父の鈍感さには腹が立った。

どうして母の命日を忘れられるのか、と思う。

法事を行う年ではない。母の存在も、もう過去のものだといってしまえばそれまでだ。それでも、せめて命日くらいは思い出してもいいと思う。和美の名を口にするよりも先に。

「ああもう腹立つ。サイテー」

ソファから立って、意味もなくぐるぐるとリビングを歩きまわった。

「痛っ」

花瓶の破片を踏んだのだろう、足先に鋭い痛みを感じた。踏んだり蹴ったりだ。

ちらりと窓のほうを見る。外はもう暗くなりかけていて、カーテンを引かぬ窓に、悠里の姿が映り込んでいた。庭の木々と自らの姿とが二重写しになっている。ゆらゆらと揺れる影。

そこに、自分以外の人影を見たような気がした。

「広瀬天也！」

やさしく呼びかけることにはもう辟易《へきえき》していた。どうせ答えてくれないなら、どんなふうに呼ぼうがこっちの勝手だ。

「いいかげん返事したらどうなの！　あたしにだって我慢の限界ってのがあるんだからね。これ以上黙ってるつもりなら、あんたの実家に火ぃつけるわよ！」

身体ごと振り向いて、彼がいるだろう空間を睨みつけて啖呵《たんか》を切る。

わずかの沈黙ののち、ゆらりと空気が揺れた気がした。

「――きみは」

耳もとに、ささやきのような声が聞こえる。

「なかなか、とんでもないことを言うね」

広瀬天也の声だ。その台詞とは裏腹に、口調はけっして、不満げではない。それどころか、笑いすらも含んでいるようだった。

ふと気づくと、目の前に天也が立っていた。突然現れたのではない。じわじわと現れたのでもない。意識の隙間を縫ったかのように、いつの間にかそこにいた。まるで、ずっと前からそこにいたかのような、あたりまえの存在感で。

もちろん、生身の人間の存在感とは違う。それでも、以前の薄ぼんやりとした影とは比べものにならない鮮やかな輪郭で、彼は悠里を見つめていた。

「やっと出てきた」

お礼を言おうと思っていたのに、怒鳴りつけて出現させたとあっては、気持ちを切り替えるのは難しかった。いきなり謙虚になってお礼を口にできるほど器用じゃない。

「なんでずっと無視してたのよ？　あたしが呼んでたの、聞こえなかったわけじゃないでしょう？」

「黙って見守るだけのつもりだったんだよ。僕の役目は、もう終わったと思ったから」

「……あのストーカーのこと？」

「そう。警告は伝わらなかったみたいだけど、それでも少しは役に立てたかな」

「あー、えーと、そうね」

悠里はわずかに胸を押さえて、呼吸を整える。素直になろう、と思う。今を逃したら、きっとお礼を言うタイミングを逃してしまう。

「助けてくれてありがとう。本当に」

「どういたしまして」

天也は笑う。顔立ちは普通なのに、笑顔は極上だ。こんな邪気のない笑顔を浮かべる人を、悠里は他に知らない。

「あたし、ずっと誤解してたから、ひどいこととか言っちゃって。だから、ちゃんとお礼を言っときたくて」

「べつにいいよ。僕が勝手にやったことだから」

悠里はソファに腰を下ろして、それから、天也にどう声をかけたものかと惑う。生身の人間ではないのだから、椅子をすすめるのも妙な話だし、お菓子やコーヒーを出すのも違う。まずはどうすればいいんだろう。

それでも一応、座る？　と声をかけはした。するとやはり天也は笑って、僕のことは気にしないでいいよ、と答えた。

「あんたって、なんか仙人みたいね」

「僕が？　そうかな？」

「普通、ココロザシ半ばで死んだら、もっと悔しかったり悲しかったりするんじゃないの？　そんな幸せそうな死人って、なんか変」

「幸せそうな死人、ねえ」

くすくすと天也は笑う。

「そう見えるのは、きっと、きみのそばにいるからだよ」

どきん――と。

その台詞に、心が揺れた気がした。

「……助けてもらったのは感謝してるけど。でも、言っちゃなんだけど、あのストーカーだけじゃなくて、あんたも、あたしのこと覗いてたのよね？」

今となっては天也に悪い感情は抱いていない。それでも、そんなふうに言ってしまうのは、おそらく生来の負けず嫌いのせいだ。

「こうやってそばにいるなら。お風呂もトイレも、見放題だもんね」

悠里が意地悪く言うと、天也はわずかに苦笑して、一応そのへん遠慮はしてるんだけどな、と言った。

「そりゃあ、気にならないって言ったら嘘になるけど。でも、自分の中でさ、やっていいことといけないことはきちんと認識してるつもりだし」

「……本当にぃ？」

念押しすると、天也は少しだけばつの悪そうな顔をして頭を下げた。

「……ごめんなさい。着替えのときにちょっとだけ見ました。でもほんのちょっとだよ。これは本当」

見られた事実は不愉快なはずなのに、相手が天也だと思うとそれほど気にならないのが不思議だった。彼が悠里を見る瞳のまっすぐさに気づいたからなのか、それとも――目の前にいるのが、もう人とは違う儚い存在だからなのか。

「でもって、あたしが、彼氏とデートしてるのも覗いてたのね」

ハルトの部屋にいたときの、あの視線を思い出す。あれは密室で、悠里の家のベランダのようにカメラが仕掛けられていたはずもなくて、だから、視線の主は天也でしかありえない。

「でも、きみは街なかだってキスすることあるだろ？　だから、その件に関しては、タブーだとは思わなかったけどな。その先だったら、さすがにその、あれだけどさ」

困らせるつもりで言ったのに、あたりまえのように返されて、少なからず拍子抜けした。

たしかに、雑踏に紛れて、ゲームのようなキスをしたことは何度もある。

けれど、それとこれとは話が別だ。

「……あんた、悔しくないの？　その、自分の好きな相手が、他の男とキスしてるの見て。そんなの見て、楽しい？」

「楽しくはないけど」

わずかに言葉に惑って、それから天也は言葉を続ける。

「でも、悔しいとは思わないよ。べつに、僕は彼氏でも友達でもないんだし。いいなぁ、とは思うけどね。うらやましいっていうかさ」

「淡白なのね、ずいぶんと」

そう感じるのは、彼が生身の肉体を持っていないせいなのだろうか。それとも生前から、こんな浮世離れしたひとだったのか。

「普通、男の子ってもっと欲望の世界に生きてるもんなんじゃない？」

「そういうことじゃなくて。単に、タイミングの問題だと思う」

「タイミング？」

「うん。なんて言ったらいいのかなぁ、僕は、きみのことをとても好きだけど、でも恋人でないことを嘆く段階じゃなかった、そういうことなんだと思う。だから、こういう言い方はあれだけど——もしかしたら、一番いいときに死ねたのかもしれないって、そんなふうにも思うんだ」

「……何よ、それ」

「嫉妬とか、そういう感情と無縁に、ただ純粋にきみのことを好きでいられるのがね、なんていうのかな、すごくうれしいんだよ。や、もちろん、死んだことは悔しいし生きていたかったとは思うよ。でも——今の気持ちが、永遠に続くと思ったら、それでもいいやって」

「ば……」

啞然とした。

「ばっかじゃないの。まともに会ったこともないあたしのことを、死んでまで想ってるっての？　死んだら、あんたなんて、忘れられていくだけなのに」

悠里の父もそうだ。母が死んで、嘆いていた期間はどれくらいだったろう。今はもう、母の名前すら忘れてしまったのではないかと思えるほど、父の中に母の面影はない。

もう十年経った。父と母の結婚生活を越える年月だ。だから、仕方ない、と、そう言ってしまえばそれだけの話だ。

仕方ないのだ。

死んだ人は、消えていくだけだから。

姿形だけでなく。思い出も、記憶も、何もかもが風化していく。

「好きな人のことだって忘れるんだよ。あんたなんて、会ったこともないあんたなんて、あたしがこの先、憶えてられるわけないじゃない。なのにそれでも、幸せだとかなんだとか言えちゃうわけ？　信じらんない」

「だって、僕は本当に幸せだから」

「あたしはもう、あなたの命日も憶えてないのに」

ほんの半月前の話だ。なのに、あれが何日だったのかわからない。いや、たしか土曜日だったから、カレンダーを見れば日付はわかる。けれど、それも今だけだ。年が変わって、いや、月が変わってカレンダーが新しくなれば、その瞬間にもう遡れなくなる。調べればもちろんわかる話だが、それを、〝憶えている〟とはいえない。

ほんの少しだけ困ったように、けれどやはり愛情に満ちた表情で、天也は笑う。

「きみは混乱しているんだよ。幽霊なんかと話をしているんだから、きっとそのせいで。まだ早い時間だけど、今日はもうおやすみ」

「混乱なんかしてない」

「してるよ。でなかったら、どうして泣くの」

言われて、初めて自分が泣いていることに気づいた。知らない間にあふれ出した涙が、頬を濡らしている。

「あんた卑怯よ」

ぐいと腕で涙を拭って、悠里は天也を睨みつける。

「人が不安定なのわかってて、そういうこと言うんだから。普通真顔で永遠とか言う？　自分を映画の登場人物か何かと勘違いしてるんじゃない。ばっかみたい」

支離滅裂なのはわかっていた。感情の振れが大きいのは季節のせいで、腹を立てていたのは父のせいだ。天也に責任など何もない。感情が不安定なときに、天也を呼びつけたのは悠里のほうだ。

天也は変わらない笑顔のままで、もう一度、おやすみ、と言った。

「そうしてあたしが目を覚ましたら、またいなくなってるのね」

言いたいことも訊きたいこともまだ足りない。悠里が恨みがましくそう言うと、そばにいるよ、と天也は言った。

「大丈夫だよ。勝手に消えたりなんかしない」

どれほど突っかかっても、天也はただやさしく笑う。その笑顔に胸が痛かった。どうしてそんなふうに笑えるのかと、また思った。すべてを失って、それでもやせ我慢でなく笑えるのかと。

天也にはかなわないと思ったと、岸川の台詞を思い出す。まったくその通りだ。悠里だったら、死んでしまったらそんなふうには笑えない。生きていてさえ。

「また明日」

ちょっと、と呼び止める間もなく、天也は姿を消した。現れたときと同様、ふと気づくといなくなっていた。

それでも、存在だけは、感じられた。見えずとも、聞こえずとも、確かにそこにいると。

悠里は部屋に戻ると、ベッドの縁に腰を下ろした。まだ眠るつもりはなかった。いつもの癖で携帯電話を手にして、けれど再びサイドテーブルに戻した。今は誰とも話をするような気分じゃない――天也以外とは。

クーラーの風とは明らかに違う感触で、ふわりとやわらかな空気に包まれた。肌に触れる空気を、こんなふうに〝感触〟としてとらえたのは、初めてのことだったかもしれない。

これは、天也の作り出した空気なのだろうか。天也がそっと――悠里を包み込んでくれているのだろうか。

まだ天也のことなどろくに知らない。なのに、それを心地よく感じられる自分が不思議だった。悠里に永遠を語る、あの笑顔の主だと思うだけで。

とろりと睡魔が訪れる。

ふわりと、髪を撫でられたような、そんな気がした。

6

手土産にわずかに悩んで、悠里は果物屋の店先で足を止める。

「……ねえ」

いつまでも『あんた』呼びもないだろう、と呼び方を苦慮していると、天也でいいよ、と言われた。さんざん豪快に呼びつけたあとだけに、広瀬くんとか天也くんとか、あらためてそんなふうに呼ぶのは逆に恥ずかしかったから、彼の申し出はありがたかった。

じゃああたしのことも悠里でいいよ。そう言ったけれど、それに対しては曖昧な笑顔を返された。きっと、女の子の名前を呼び捨てにすることに慣れていないんだろう。たしかにそんな感じがする。

「天也……は、何が好き?」

つぶやきのように呼びかける。店先を彩るさまざまなフルーツは、それぞれ甘い芳香を放ちながら選ばれるのを待っている。

おつかいものといえば定番はメロンだよね、と思いつつ、それではまるでお見舞いのようだとも思う。いっそ夏らしく、水ようかんかゼリーでも持っていったほうがいいのだろうか。

「僕は桃が好きだけど。でも、どうせもう食べられないんだから、僕の好みは考えなくてもいいよ」

「いいの、べつに、食べられなくたって」

悠里は果物屋に入って、とびきり大きな水蜜桃を選ぶ。触れた先から傷んでしまう繊細なその果物を、悠里はそっと胸もとに抱く。

天也の墓参りをするつもりだった。

もちろんそれが、単なる感傷にすぎないことはわかっている。それでも、きちんとお線香をあげておきたいと、今さらながらにそう思ったのだ。天也の葬式のあの日、参列こそはしたものの、悠里はただそこにいただけで焼香すらもしなかった。

それを言うと天也は少しだけ困ったような顔で、うちの墓は近くにあるけど、僕はまだ入っていないよ、と、そう言った。

「入ってない？　どうしてよ」

「どうしてって言われても、僕が自発的に入るようなものじゃないからなあ、墓は。多分、四十九日が終わるまでは、母さんは自宅に骨を置いておくつもりなんだと思う」

「四十九日、ね」

それではまだ一カ月も先の話だ。

「家に行くんだったら、さすがに手ぶらってわけにはいかないわよね？」

決断の早さには、自身ですら驚いたほどだった。

「線香なんて、そんなのなんの意味もないよ」

わずかにあきれたように天也は言う。

「僕はここにいるんだし、骨の近くに行ったからって話せる内容が増えるわけじゃない。それに、線香がうれしいほど真面目な仏教徒ってわけでもないからね」

「様式美って言葉知ってる？　いいの、要はあたしの自己満足なんだから」

――そして、大切に桃を抱えて、悠里は歩く。

通夜でも葬儀でもないから、黒い服は必要ない。それでも明るい色は選べなかった。レースをあしらったグレーのセットアップは、デザインこそ甘すぎるが色合いのせいか浮ついた印象はない。

天也への家までの道など、憶えてはいなかった。けれど調べる必要もない。日中は姿こそ現さないが、それでも天也のささやきは耳に届く。

彼に導かれるままに、路地を行く。

昼顔の巻きつく垣根に沿って、ちらちらと揺れる陽射しを足もとに眺めながら歩く。大きな樹がある。どれほど昔からそびえているのだろう。それだけ、この界隈は古い町並みだということか。

天也の家は、けっして大きくはない。

あの日は、古い日本家屋にひどく重圧感を覚えたものだった。けれど今は違う。昔ながらの佇まいは悠里の好みとはかけ離れていたが、それでもどこか懐かしい気がした。こういう家に住んだことはないのに日本人の血に刻まれているものがあるのか。それとも、かたわらに立つ天也の感情が、悠里の中に流れ込んできているのか。

玄関の正面でしばし立ちすくんでいると、あら、と庭のほうから声をかけられた。天也の母が、庭木に水をやっていたのだ。

「塚原悠里……さん？」

呼ばれて、悠里は小さくほほえんで頭を下げた。ただの通りすがりでないことは彼女にもわかっていただろう。偶然通りかかるような、そんな場所ではない。

「お線香、あげさせてもらってもいいですか？」

ええどうぞ、と彼女は笑って、悠里を屋敷へと招き入れた。

四十九日まで骨を家に置いておく、と、その話を聞いたとき、悠里は、彼女はきっとあの葬式の日から一歩も進めずにいるのだろうと、そんなふうに思っていた。喪服を脱げずに、暗い顔をしたままで。

違った。

もちろん鮮やかな色の服は着ていない。モスグリーンの木綿のシャツブラウスと、おそらくは麻だろう、ベージュのフレアスカート。彼女はすでにかつての日常を身にまとい、そして突然の悠里の来訪を、ほほえんで迎えられるだけの余裕さえ、取り戻しているのだ。

「天也が喜ぶわ、きっと」

薄暗い玄関を上がり、廊下を抜けて奥の座敷へ通される。

簡素な祭壇に飾られた遺影はあの日と変わらない。印象の薄いその面影は、今は知らない人のものではない。写真を撮られることに、慣れていなかったのだろうか、遺影の天也の表情はわずかに硬い。

遺影の隣には、両手で抱えられる大きさの緞子《どんす》の袋が置いてある。紫色に銀糸の縫い取り。この中に箱があって、そしてその中に壺がある。そして、さらにその中に天也がいるのだ。骨になってしまった天也が。彼の残骸が。

「これ、御霊前に」

悠里は持参した桃を天也の母に手渡す。あらあら、と、彼女は軽く驚きの声をあげて、そんなに気を遣ってくれなくてもよかったのに、と言った。

祭壇の正面に座り、かたわらの線香に手を伸ばす。今も背後に天也がいることは知っている。なのに目の前に遺影があって、その隣に遺骨もあるというのは、ひどく不思議な感じだった。

線香に火をつけて、そっと立てる。目を閉じて手を合わせ、声には出さずに念仏を唱える。南無阿弥陀仏。唱えながら、天也の家は浄土宗でよかったのだろうか、と、ふと疑問に思う。葬儀の日に、読経の声など飽きるほど聞いていたはずなのに、あれがどの宗派のものだったのか、今となっては思い出せない。

蠟燭の火を消して振り向くと、座卓の上には冷茶が用意されていた。それから桃。悠里が持ってきた桃だ。

「せっかくだから、みんなでいただきましょう」

天也の母はそう言って、小皿に盛った桃は遺影の前に置いた。

「……綺麗に、剝《む》けるんですね」

そんな話をするつもりはなかったのに、ふと、口からそんな言葉がこぼれ落ちた。

「あたし、桃って剝くの苦手で。皮は剝けるんだけど、実をうまく種からはずせなくて」

桃を剝くと、いつでも乱切りになってしまう。どんな切り方でも味が変わるわけではないと、そんなふうに思いながら、それでも、ケーキの上に飾られているような三日月形の桃にはずっと憧れていた。

「コツがあるのよ」

そう言って、彼女は笑う。ごく自然に、わずかにうれしそうに。

歳の離れた女性と話す機会は多くはない。苦手だと思っていたのに、一対一で向き合っていても、意外なほどに息苦しさは感じなかった。まるで以前から知っていた人のようだ。そんなふうに思うのは、彼女が天也の母だからだろうか。天也と、似た空気を持っている人だからなのか。

死んでしまったのに笑っている天也。子どもを亡くしても笑える彼女。

それは奇妙で、不可解で、それなのにどこかまぶしくもあった。

「まだね、信じられないのよ、私」

冷茶を啜りながら、静かに彼女は言う。

「もちろん、頭では理解しているの。だけど、感情が——ううん、感覚かな、そっちのほうでは、まだだめなの。実感が湧かなくて」

遺体を目の前にしていても。葬儀を出しても。骨を拾っても。

「ただちょっとどこかに出かけているだけで。いまにも、帰ってくるような気がしてね。なんでもない顔で、いつもと同じ声で、ただいまって。それで、仏壇を見て笑うのよ。なんだこれ、縁起でもない、って、そう言って。それから、どうせならもっといい戒名つけてよ、母さんお布施ケチっただろ、って笑って。遺影にも文句つけるかしらね。もっといい写真があっただろって」

口もとにほほえみを浮かべたまま、けれど、彼女の目から、つうと涙がこぼれ落ちる。

「……やだわ。嫌ね、泣くつもりなんてないのに、すぐに涙が出てくるのよ。歳のせいなのかしらね、涙もろいのは」

表情はおだやかなのに、目だけが赤い。無理をしているようには見えなかった。自然で——ごく自然で、それが逆に痛かった。

天也はどれほど愛されていたのだろうか、と思った。

悠里の隣にいたはずの天也が、いつの間にか、彼女のかたわらに寄り添っていた。

背後から包み込むように彼女の肩を抱いて、母さん、と唇がそっと彼女を呼ぶ。けれど彼女は気づかない。天也の存在にも、その声にも。

　天也はけっして大柄ではないのに、そうやって包まれていると、彼女はひどく小柄に見えた。もともと小柄な人ではあったが――それでも、実際よりも、ずっと。

　冷やしていたわけでもないのに、桃はひんやりと心地よく喉を過ぎていく。そういえば母に桃を剥いてもらったことはなかったな、と、悠里はぼんやりと思い出す。母は料理が嫌いで、包丁を持つことが嫌いで、だから出てくるフルーツは、切らずにすむものか、さもなければ缶詰のものが大半だった。

「そういえば、天也の部屋にね、悠里さんの写真、他にもあったのよ。見てみる？」

「あ、はい」

　持ってきましょうかと言われて、一緒に行きますと答えた。もう一度、天也の部屋を見ておきたかった。

　ゆっくりと立ち上がり、天也の母に誘われるままに歩く。廊下の先、つきあたりの六畳間。ハンガーにかけられた制服。通学鞄。机の上には教科書やノート。漫画雑誌。パソコン。デジカメ。少しだけプラモデル。

　天也の部屋はあの日と同じで、わずかも手を入れられた様子はなかった。いつまでこの部屋はこのままなのだろう、と、それを思うと少しだけ胸が痛くなった。部屋の主は、もう永遠に帰ってはこないのに——魂はどうあれ、肉体はもう消えてしまったのだから。

「ああ、これよ。すぐには気づかなかったんだけど」

天也の母がカラーボックスから取り出したのは、一冊のクリアファイルだった。

「パソコンの中にはもっとあるのかもしれないけど、私は機械には詳しくないから。主人が、もう少し落ち着いたら調べてくれるって言ってるけど」

その場にちんまりと座り込むと、悠里はそっとクリアファイルの表紙をめくった。いきなり自分の姿に対面するかと思っていたのに、一番最初に目に入ってきた写真はそれではなかった。

駅のコンコース。

すぐには気づかなかった。けれど、画面端の店の看板で、悠里の学校の最寄り駅だと気づいた。

そこに、悠里の姿はない。

拍子抜けした。

もっと華やかな写真であったなら、別の感慨も湧いたろう。けれどそこにあったのは見慣れた風景で、色彩も地味で、撮影するだけならまだしもわざわざプリントするほどのものでもないように思えた。写真用紙も安くはないのに。

ファイルをめくる。

道端の花。木漏れ日。街の雑踏。

（……つまらないの）

人物写真もいくつかあった。男の子も、女の子もいた。けれどそれは悠里が友達と撮るような、ピースサインの写真とは違う。イベントでも記念でもない。すべて、日常の切り抜きだ。

天也の友人なのか、それとも通りすがりの誰かなのか。どちらにせよ、知らない人の写真に興味などない。目をみはるような美男美女が写っていればまた話は違うのだろうが。

何気ない光景ばかりが続いて、どうしてこんな写真ばかり撮るんだろう、と悠里は思った——最初のうちは。

けれどページをめくるうち、その写真が、気まぐれにシャッターを切ったものではないことに気づいた。

綺麗だ——と思った。

夕焼けのグラデーション。かすかに光る雨粒。濡れたアスファルトに映り込む街の輪郭。見慣れた店の、見慣れた看板の、見慣れた公園の――。

見慣れたはずの景色が、こんなに『絵になる』とは思わなかった。

一度それに気づくと、最初はつまらないと思っていた写真も違って見えてくるから不思議だ。写真には詳しくないから、使っているカメラの性能なのかそれとも天也の技術なのかはわからない。次はどんな景色なのだろうか、と思いながらファイルをめくって、そこで悠里は自身の姿に遇《あ》った。

風景の一部として。

並木道を歩いている。隣には美也がいる。下校途中の、いつもの風景だ。

知らない人が見れば、悠里のことを撮った写真だとは思わないだろう。風景写真の中に偶然女子高生が写り込んでいる、そんなふうに見えたに違いない。

（あたし――こんな顔してた？）

写真の中の悠里は小さかったが、わずかのピンボケもなく、クリアに写っていた。

もちろん、顔の造作は間違いなく悠里だ。けれどその表情は、知らないうちに撮られた写真であることを差し引いてさえ、見知らぬものに思えた。

口を結んで、顎を上げて。ただまっすぐに遠くを見ている、その表情。

無意識のうちに撮られた写真だから、見慣れた自身のポートレートと違うのはあたりまえといえばあたりまえだ。けれど、挑むような強い視線で遠くを見つめる自身が、やわらかな陽射しの並木の風景にしっくりと溶け込んでいる、それが不思議で、どこかせつなかった。

対極だ——と思う。

天也は身近なものすべてを慈しめるひとだだと岸川に聞いた。けれど悠里はそうではない。隣に友人がいても、遠くばかり見ている。足もとにどんな花が咲いていても、きっとそれには気づかない。

そして次の写真は、猫。

これも遠景。悠里が、ブロック塀の上の猫と睨み合っている写真だ。お互い、威嚇するような視線を投げながら、けれど悠里の口もとはわずかに笑っている。

（あたし——）

知らない他人を見ているかのようだ。愛しい、と思えた。自分自身を。今までにたくさん撮ってきた、カメラ目線の満面の笑顔の写真よりもずっと。

（——こんな世界に住んでるの？）

街はポップでカラフルだけれど、世界はもっと澱《よど》んでいると思っていた。

これが、天也の見ていた世界なのか。同じものを見ているはずなのに――こんなに違うのか。

ゆっくり顔を上げると、天也の母と視線が合った。

「天也は、本当にあなたのことが好きだったのね。こんな小さな写真だけでもわかるわ」

そして彼女のかたわらで、天也もまた、静かにほほえみながら悠里をそっと見つめている。この写真を撮ったときにも、彼はきっと同じような瞳で悠里を見つめていたのだろう。

「天也くんは、写真家を目指していたんですか？」

「さぁ、どうなのかしらね。訊いたことはないから。休みの日には、自転車に乗ってあちこち動きまわっていたわ。写真のためなのか、それとも出かけた記録に写真を撮っていたのか、今はもう、わからないけれど」

あとで天也に訊いてみよう、と悠里は思った。けれど、それを――手に入れた答を、彼女に伝えることはできない。一番それを欲しているひとに手渡すことができないというその事実は、やはりせつない。

もともと長居するつもりはなかった。一通り写真を見終えると、そろそろおいとまします、と悠里は切り出した。

「あなたと天也の話ができないのは残念だけど」

残念、と、わずかに目を細めながら天也の母は言う。

「でも、話せてうれしかったわ。天也が好きだったのが、あなたみたいな人で、よかった」

「……そんな」

それは買いかぶりすぎだ、と思う。ほんのわずか、顔を合わせて、世間話にも満たない言葉を交わしただけにすぎない。それだけで、いったい何がわかるというのか。

本当の悠里を知ったら、彼女はどんな顔をするだろう。好きでもない男とも平気でつきあえる、親ともまともに顔を合わせない、夜遊び常習の娘だと知ったら。

——それでも笑うのだろうか。天也のように。

またいつでも来てね、と送り出され、悠里は会釈をして家を出る。

悠里の姿が見えなくなるまで、彼女は見送っているだろう。振り向かなくても、それがわかった。

「いいお母さんじゃん」

素直に言えた。天也の何を話すでなくとも、彼女が天也をどれほど大切に思っていたか、それは伝わってきた。

愛情だけでなく、信頼。

彼女は天也を、ずっと信頼していただろう。自身の子どもだからという理由だけでなく、天也の人生そのものを慈しんできていたのだろう。

「うらやましいな。あんなお母さんで」

死人にうらやましいと言うのも妙な話だ。それでも、自然とそんな言葉がこぼれ落ちた。あんな母親と、語る日々が自分にもあったらよかった、と思う。

「うん、いい人だよ。ちょっとお人好しすぎるけどね」

「いいね」

母親のことを、てらいもなくいい人だと言える、天也の素直さもうらやましかった。

悠里だったら、おそらくは言えない台詞だ。父のことを好きだとは思えないし、母がもし生きていたとしても――やっぱり、天也のようにまっすぐには親と向き合えないと、そんなふうに思う。

「あたしなんかより、お母さんのそばにいてあげればよかったのに」

「うーん、しょうがないな。それでも僕は、きみを、選んだんだし」

「……あんたね」

真顔でそういうこと言う？　と返すと、天也はただ笑った。その笑顔が、彼の母親の表情と重なる。

「ねえ。天也も泣いた？」

笑っていても、突然瞳から涙があふれ出すように。おだやかな表情の中で、目だけが赤く自己主張をしているように。幸せだと笑う天也も、本当は、泣いているのではないかと。

昼の陽射しの中では、彼の姿はおぼろにしか見えない。

「泣かないよ」

「嘘。泣いたよ、絶対」

正面にまわって、悠里はその顔を覗き込もうとする。

けれど天也は、きらきらとまぶしい夏の光の中に溶け込んで、その姿を隠してしまう。

母が好きだった花を、悠里は知らない。

だからいつも、命日には店先で目についた花を買う。財布の中身と相談しながら。

今年は淡いピンクのアルストロメリアを選んだ。

「今日は一日、つきあってよ」

天也がずっと悠里のそばにいることはわかっていたが、つい、そんなふうに言ってしまったのは、それがあまりにプライベートな外出だったからだろう。少なくとも、今までに、一度たりとも他人を墓参りにつきあわせたことはない。

地下鉄の駅を降りて、十五分ほど歩いた。大通りをはずれて、住宅地にさしかかったあたりに、その寺はあった。

塚原の家の菩提寺《ぼだいじ》は、けっして大きくはないが、それでも周囲に小さいながらも森を携えた、歴史のある古い寺だった。

石畳の参道を行くと、頭上から、木漏れ日とともに蟬《せみ》の声が降ってきた。見上げると、大きく枝を伸ばした木々のざわめきに、わずかにめまいを覚える。驚くほどに、緑色が濃い。

耳を澄ませば、車の音も街のざわめきも聞こえてはくるのだろう。けれど今は、何もかもが蟬の声に呑み込まれて、奇妙な静寂を思わせる。陽射しとともに降り注ぐ、シャワーのような鳴き声。蟬時雨《しぐれ》とはよく言ったものだ。

「ヒグラシ?」

もともと虫になど興味はない。ただなんとなく、知っている蝉の名を口にした。

「クマゼミだよ。ヒグラシが鳴くのは、夏の終わり」

天也の声が、静かに降りそそぐ。これも奇妙なハーモニーだ。

水屋に寄り、手桶《ておけ》を携えて墓へと向かう。墓石の間の狭い通路を何度も曲がり、母の眠る場所に辿り着く。

「……あれ」

一瞬、場所を間違えたのかと思った。

墓石の前に、大輪の百合《ゆり》が供えられている。花弁は艶やかで、蕾《つぼみ》も多い。買ったばかりの花であることに間違いはなかった。悠里よりも先に、誰かが墓参りに来ていたのだ。

「お父さんかな?」

天也の声に、悠里は首を横に振る。父は出張で大阪にいる。百歩譲って、出張直前に墓参したのだとしても、あの父が百合の花を選ぶとは思えない。父には花粉のアレルギーがある。

悠里は手桶を置くと、花立の百合を引き抜いて足もとに落とした。そして、代わりに持ってきたアルストロメリアを活ける。

「かわいそうだよ、花」

「いいの。きっとママだって欲しくないもん、こんな花」

花を手向けたのは、和美だ。間違いない。

父に頼まれたのか、それとも毎年こうやって墓参りをしていたのか——今年は、天也の家を経由して例年よりも遅い時間に来たから——それは知らない。

墓前で手を合わせて、悠里は軽く目を閉じる。

ママ、と、心の中で呼びかける。いらないよね、こんな花。

そのまま帰ろうとして、けれど足もとの百合にわずかに躊躇した。供えたのが誰であれ、少なくとも、花に罪はない。

悠里はのたのたと百合を拾うと、再びそれを花立へと戻した。純白の百合とピンクのアルストロメリア。やさしく華やかな墓前になった。若く美しいまま逝《い》った母にふさわしい。

「……本当は、和美さんのこと悪く言う理由なんて、ひとつもないのよね」

ぽつりと言葉がこぼれ出た。

「べつに、不倫してたわけでもないし。パパとそういう仲になったのだって、ママが死んでからだし。あたしに意地悪したことなんて一度だってないし」

「……そうだったんだ」

「聞き飛ばしていいよ。ひとりごとなんだから」

そう言いながら、それでも、聞いてくれる相手があるという事実に、涙が滲んだ。ずっと言えずにいたそんな言葉を、語れるのは相手が天也だからなのだろうか。死んでしまった彼ならば、聞いたその言葉を誰へも持っていかないとわかっているからら？　だから安心して、本音をさらけ出せるのだろうか。

立ち上がって歩き出す。ざく、ざく、ざくと玉砂利を踏む。話す相手がいるのに足音がひとつだけというのが、どうにも奇妙だった。天也は死人なのだと、連なる墓石の下に眠る無数の人々の眷属《けんぞく》なのだと、今さらのように思い知らされる。

「本当はさ、ママはあたしにとってちっともいいママなんかじゃなかったのよね」

悠里自体が、望まれた子どもではなかった。あんたができたから仕方なく結婚したのよ、と、まだ幼かった悠里は何度も母に聞かされた。

若かったせいもあるのだろう、とにかく母は、悠里よりも自分自身が大切だったのだ。気分次第で可愛がられたり怒られたり、とにかく感情の波の大きさに悠里は日々翻弄されていた。幼い悠里を置き去りにして遊びに行くこともめずらしくはなく、だから同じ年頃の誰よりも早く悠里は一人に慣れた。もちろん、一人きりで過ごすことが淋《さび》しくなかったわけではないが、どうしようもなかった。そういうものだと思っていたし――泣けば、母はまた悠里を怒鳴るから。

母は美しい人で、着飾ることが大好きで、だから連れ出されるときはいつも悠里は彼女のアクセサリーでしかなかった。自分のミニチュアとして、可愛らしく着飾った悠里を、母は自慢げに披露していたにすぎない。

母を嫌うことは簡単だった。彼女の死と同時に、その存在を記憶から遠ざけることも、できないはずではなかった。

なのに、最後の記憶が、バースデープレゼントだ。

それは母の気まぐれにすぎなかったのだろうとは思う。やさしいひとではなかったから。

それでも夢を見てしまうのだ。母は悠里を、誰よりも愛していたに違いないと。冷たく見えても、片時たりとも悠里を忘れたことなどなかったのだと。その証拠が、あのプレゼントだったのではないかと。

――幻想なのはわかっているのだ。

母の実の両親である、祖父母ですら、母のことは見捨てていた。悠里自身も祖父母に会ったのは数えるほどだし、実際、絶縁状態だったのだと思う。母の葬儀の日に、祖父母は参列こそしたものの、けっして親族席に座ろうとはしなかった。あの子は親を捨てて出ていったのだから。もう娘とは思っていないのだから、と。

比べれば、まだ和美のほうが母親としてふさわしい――子どもだった悠里の目から見てさえも。

きちんと話を聞いてくれる。悠里の好物を知っている。熱が出れば看病してくれる。そしてなにより――悠里に歩み寄ろうとしてくれる。本当の親子にはなれないにせよ、それに近づくために、根気強く、愛情を持って接してくれている。こんなに反抗的な悠里のことなど――とうに見捨ててしまってもおかしくはないのに。

和美を厭う理由など、何ひとつない。

悠里は石畳にしゃがみ込んだ。

母のことは嫌いだった。

けれど感触を憶えている。美しい指が気まぐれにそっと悠里の頰を撫でて、静かに髪を梳《す》いていくあの感触。長く伸ばした悠里の髪を、母はそっと結い上げて、レースのリボンを結んでくれるのだ。くるりくるりと、美しく結ばれるリボンは、悠里にとって魔法のアイテムだった。悠里を美しく飾るとき、母は確かにほほえんでいた。

「ママ」

母のことは、大嫌いで、そして同時に大好きだった。

「泣いたらだめだよ」

天也の声が、ふるえる肩をそっと包み込む。

「あたしが和美さんを好きになったら、ママはどうなるの。あたしがママのことを忘れたら。そうしたら、誰も憶えていてくれる人なんていないのに」

母を忘れたくない。その気持ちと同時に、幻想がある。母に愛されていた過去を捏《ねつ》造《ぞう》したいのだ。愛されていなかった自身を認めたくないのだ。

母は少しもやさしくなかったけれど、悠里を愛していることに気づいてこれからやさしくなってくれる、その矢先に事故で亡くなったのだ。あのぬいぐるみは、最期のプレゼントではなく、最初のプレゼントになるはずのものだったのだ。

しゃがみ込んだまま、自身の膝を枕に、悠里は顔を横に向ける。心配そうな表情の天也が、悠里を覗き込んでいる。木漏れ日を透かしながら。

「……天也は、いいね」

すべてを失くした彼に言える台詞でないことはわかっている。けれど、そう思えてしまったのだから仕方ない。

「素敵なお母さんで、さ。ちゃんと愛されて育って、これからだってずっと、きっと忘れられることもなくて。たくさん、いい思い出があって」

天也の思い出話を聞いたわけではない。それでも、彼ら親子が、たくさんの思い出を育んでいたであろうことは容易に想像がついた。それは彼らが特別に幸せな親子だったからなのか、それとも普通、親子というのはそういうものなのか悠里にはわからない。

「もう帰ろう」

なだめるように、天也が言う。

「帰ってから、いくらでも、気のすむまで話を聞いてあげるから。だから帰ろう。こんなとこで泣いてちゃだめだよ。せっかく静かに眠っているお母さんを、起こしてしまうよ」

他の誰かの台詞なら、おそらく鼻で笑っただろう。素直に聞けたのは、それが天也だったからだ。

しゃわしゃわしゃわ、と蟬が鳴く。ざざと風が吹いて木漏れ日が揺れる。雨でなくてよかった、と思う。もしも雨降りだったら、天也にどんなになだめられても、きっと立ち上がれない。

「七月は嫌い」

この季節になると、毎年、感情がひどく掻き乱される。いくつも散らばった現実の、どれを拾い上げて組み上げればいいのか、何ひとつわからずに戸惑ってしまう。

「……僕は、何を言えばいいのかな」

困ったように天也が言う。ささやきのような小さな声で。

「……実体があれば、抱きしめているのに」

胸が痛かった。死んでしまった彼のほうが、ずっとつらいに違いないのに。

「あんた、泣いてる女の子がいたらみんなにそう言うの？　そうやって、平気で抱きしめたりとか、できるわけ？　真面目そうなふりして、とんだ遊び人ね」

鼻を啜り上げながら、意地悪を言う。天也の底抜けの素直さが、愛しいと同時に気に障った。

ショルダーバッグからティッシュを取り出して、鼻をかむ。それから涙を拭う。少しくらい高くても、ウォータープルーフのマスカラにするんだったな、と後悔した。きっとひどい顔になっている。

「メイク、直さなきゃ」

もともと、ポイントメイクだけだから直すことはそう大変ではない。コンパクトを取り出し、鏡に顔を映して、思わず笑った。泣くとマスカラはこんなに流れるのか。

しかも、顔を横にしていたせいで、奇妙な横縞のマーブルになっている。こんな顔を間近に見て、よく天也は笑い出さないものだと思う。

「やめときなよ。化粧」

天也がそう言ったので、悠里は軽く彼を睨む。親や教師のように、優等生ぶった、知ったふうな口を叩かれるのはまっぴらだ。

「メイクくらい、みんなしてるじゃん。何が悪いの」

「でも、いくら直したって、また泣いたら同じだよ」

「悪かったわね泣き虫で」

いつもはこんなふうに泣いたりなんかしない。けれど、それを言っても説得力がないことはわかっていた。どうして、天也の前では泣けてしまうのだろう。

「そうじゃないよ。泣きたいときに泣けないのは、かえって不幸だと思う。化粧を気にしてたら、泣けなくなるよ」

「……それはまた新説ね」

納得したわけではないが、涙もろくなっていることは事実だ。さいわいにもクレンジングシートを持っていたから、流れたマスカラを落とすこと自体はそう大変ではなかった。

汚れを落として、素顔に戻っても、赤い目だけはどうしようもない。瞼も少し腫れているような気がする。こんな顔を、誰にも見られたくはない。だから——さっさと家に帰るに限るのだ。うつむいたまま、早足で。

「しばらく、あたしのことほっといて。声もかけないで、それから見ないで。今、すっごいブスなんだから」

わかった、と言って、天也はすいと光の中に消えた。

突然、陽射しと音とが一段と強くなったような気がした。しゃわしゃわしゃわ。蝉時雨が、頭蓋の隅々にまで浸みていく。今さらのように暑さを思い出して、肌にうっすらと汗が滲む。

蝉の声に紛れて、ほんのかすかに、天也の声がした。

「どんな顔になったって、きみはブスじゃないよ」

余計なことを言ってくれる、と思う。

——せっかく泣きやんだのに、また泣きたい気分になったから。

家に帰ったら、いろんな話を聞いてもらおうと思う。

けれど、何を話せばいいのだろうかとも思う。

『人づきあいとか話術とか、得意なんじゃないの』

あの日。終業式の日に、真那に言われた台詞を思い出す。

人と話すことには慣れている。笑い話や噂話や。けれど、本音を誰かに話せたことなどないに等しいと、今さらのように気づいた。

真面目な話など、誰も悠里に求めていなかったから。

誰も、本音を尋ねてはくれなかったから。

何から話せばいいのだろう。

（ねえ、天也）

声に出さずに、胸の奥で呼びかける。

（あなたは、何を聞いてくれるの――？）

7

玄関のドアに鍵をさし込もうとしたそのとき、鞄の中で着信音が鳴った。

父からかもしれない。直感的にそう思った。母の命日だということを思い出してパパのぶんまで線香をあげておいてくれよ、と、そんなメッセージをくれるのかもしれない。

玄関先では落ち着いて話せない。そう思って、慌てて靴を脱いでリビングへ急いだ。間に合うかと思ったが、通話ボタンに触れる直前に音が途切れた。

「あー……」

もう一度かけてくるだろうか。そう思って、履歴の名前を確認して——。

「パパじゃないじゃん」

父のことは好きではないのに、こんなときだけは落胆の声が出た。

「っていうか、これ、誰だっけ?」

馴染みのない男の名前に首をひねった。名前が表示されているからには登録済みの知人のはずなのに、誰なのかわからない。何かのイベントか友達つながりで連絡先を交換したけれど、そのまま疎遠になってしまった人だろうか。

名前も忘れるほど交流のない相手が、いったいなんの用事で電話してきたんだろう。そう思っていると、再び着信音が鳴った。どうしようかな。そう思いながらも、一応、出てみることにした。

「……はい?」

「悠里?」

それは確かに知っている声で、なのに、なかなか思い出せない。

「誰?」

「おい、やめてくれよー。まだ怒ってんのかよ」

「え」

声音ではなく、そのなれなれしさでハルトだと気づいた。

「ブロックするとかありえなくない?　しょうがないから、友達に頼み込んでかけさせてもらったんだぜ」

名前の主をやっと思い出した。ハルトの友達だ。確か二、三度、一緒にカラオケに行ったことがある。

「……で？　なんの用？」

「だからさ。意地張るの、もうよせってば。今回の件は、そりゃ、俺が悪かったよ。でも、そんなに怒ることないだろ」

「……あー」

（そういや、あたし、ハルトとつきあっていたんだっけ）

ハルトとつきあい始めたのは今年の初めだったから、それでも半年以上はつきあったことになる。一緒にいることは楽しかったし、恋人でいることが気持ちよかったとも思う。周囲の羨望のまなざしも、何もかも。

それが愛だったとは思わない。それでも、所有することと所有されることの色めいた約束事を愉《たの》しんでいたつもりだった。なのに、そのときの感覚が――ほんの数日前のものだというのに――今はもう思い出せない。

ハルトが電話をかけてきたことは意外だった。悠里が思っていたよりは、ハルトにとって悠里の存在は大きかったということなのだろうか。

「な？　もう怒るなよ」

「怒ってないよ」

それは本当だった。忘れていたのだ――ハルトのことなど。

「そか。よかった。俺、やっぱり世界一悠里のことが好きだからさー」

「ふーん」

感動どころか、揺れもなかった。好き、の一言が、どうしてこんなに違うのだろう。

天也の声ならば、あれほど胸に迫るのに。

もちろん、彼らの抱えるその感情は、天と地ほどにも違うのだろう。それはわかっている。けれど、それだけではない。

（ああ――）

そうか、と思った。

（あたしは、天也のことが好きなんだ）

だから、ハルトのことなど、今となってはどうでもいいのだ。他の誰と何をしていようとも。悠里のことをどう思っていようとも。

「今どこにいんの？　え、家？　まだ早い時間なんだし、出てこいよ」

そうやって簡単に、何もかもをなかったことにされてしまってはたまらない。ばかにされている――と思う。都合のいい女扱いされるのはまっぴらだ。

「もう電話かけてこないでって、言わなかったっけ？」

「悠里ー。勘弁してくれよー」

「だってあたし、ハルトのこと信じてないし。今さら、話すこととかないし」

ハルトとこれまで何を話していただろう。何も、何ひとつ、話していなかったような気がする。いくつも交わした言葉のすべては、相手がハルトでなければいけなかったわけじゃない。彼に与えたものは、彼から受け取ったものは、ただ沈黙を埋めていただけの、意味のない音の羅列だ。

「だから、謝ってんじゃん。どうすれば許してくれるわけ?」

「どうって……」

許すとか許さないとか、そういう問題ではない。どうもこうもない。

「もう終わりにしようよ。あたし、ハルトのこと好きでもなんでもないし」

「悠里は好きでもない相手と寝るのかよ?」

思い切り頭を殴られたような、そんな気がした。

それは事実で、わかっていたことだ。けれど言葉になってしまえば、頭の中にとどめていたときとではその重さが違う。

不愉快なのは、苦しいのは、それが天也の前だからだ。

好きでもない相手と寝るような人間だと。その事実を、天也の前に引きずり出された、それが無性に悔しかった。そんなことぐらい天也だって知っている——そう思ってはいても。

「ハルトだって、人のこと言えないでしょ」

「……そりゃ、さ。だから、似たもの同士ってことでさ、うまくやっていこうぜ。な？」

「悪いけど」

うまく言えるだろうか、と、ごくりと唾を飲み込んだ。

「あたし、今は他に好きな人がいるから」

好き、という、その言葉がハルトにとってたいした意味を持たないことは知ってい

る。それでも今の悠里にはそれが、精一杯の一言だったのだ。

「いいよべつに。俺、そんなの気にするほど、器は小さくないつもりだぜ？」

違う、違う、違う、と頭の中でぐるぐると言葉がまわる。好きという言葉の重さが

違う。あたしはハルトとは違う。

「なんだ、それじゃ謝り損だったなあ。俺のことどうこう言っておいて、悠里だって

他の男と遊んでたってことじゃないか。だったら、これからはもう、お互いそういう

面倒なことは言わないで、今まで通りに——」

「やめなよ」

ハルトを遮ったのは、天也の声だった。

「悠里は、もうきみのことは好きじゃないって言ってる。男だったらきっぱりあきらめなよ」

「……天也？」

どきん――と胸が鳴った。

彼が初めて、まともに悠里の名を呼んだ。ずっと呼べずにいたくせに、きっと苦手なくせに、こんな――悠里を助けるために。

天也の声が悠里以外に聞こえるとは思っていなかった。けれど。

「……そういうことかよ」

わずかの沈黙ののちに、吐き捨てるようにハルトは言った。

「つまり、悠里にとっては俺のほうが遊びだったってわけだ。俺には家の場所も教えなかったくせして、他の男はそうやってちゃっかり連れ込んでるんだもんな」

誤解を正すつもりもなかった。これきり退いてくれるというなら、そう思わせておけばいい。それに――あながち、誤解というわけでもない。

「じゃ、今度こそサヨナラだね」

「勝手にしろ、バーカ」

悠里が反応するより早く、ぷつりと通話は途絶えた。まさに〝捨て台詞〟だ。

綺麗に別れようなんて、最初から思っていなかった。それでも、お互い、一度は恋の相手として選んだのだから――それなりの礼儀はあってもいいと思っていた。腹立たしい記憶は消せないにせよ、わずかなりとも思い出を胸に刻める程度には。

まさか、こんなにくだらない男だとは思わなかった。

なのに、誰からもうらやまれるいい男を厳選して彼氏にしていたつもりだったのだから、今となってはもう笑うしかない。

その場にへたりと座り込む。ばかばかしさに、胸の奥から乾いた笑いが込み上げる。あんな男のために一喜一憂していたなんて。

「……悠里？」

肩がふるえるのを、泣いていると勘違いしたのだろう、天也が心配そうな顔で覗き込んでくる。

「ごめん。余計なことしたかな。困っていると思って、それでつい」

悠里は静かに首を横に振る。天也は何も悪くない。

「ゆう、り」

少し照れくさそうに、天也は口の中で悠里の名の響きを転がす。聞きなれた自分の声が、奇妙にくすぐったい。

「天也の声、あたし以外にも聞こえるんだね」

それだけが少し意外だった。最初の頃、天也とまともに会話が交わせなかったのは、なかなか波長が合わないせいだと思っていた。そしておそらくそれは間違いではないのに――ハルトには、あんなに簡単に呼びかけられるのか。

「最初は、そりゃ、幽霊として初心者だったからさ、勝手がつかめなかったけど。でも最近は、悠里、と、きちんと話せるようになったから、つなぐのには慣れたかな」

「初心者って」

その言葉に、笑いたいような泣きたいような、複雑な気分になった。幽霊であることをそんなふうに笑って話せる彼の、その強さが、愛しくて同時にせつない。

「天也。ありがとね」

そっと手を伸ばして、彼の頰に触れようとして、そして彼に実体はないのだということを思い出した。触れるはずの位置にいても、指先はわずかのぬくもりにすら出会うことができないのだ。感触にさえも。

幻かとも、思ってしまう。

今日は母の命日だから。淋しさが、幻を連れてきたのだと。

けれどハルトは天也の声を聞いた。だから幻ではないのだ。ここにいるひとは——空気と同じ濃度でしかなくても——間違いなく現実の存在なのだ。

「お腹すいちゃった」

照れ隠しのように笑って、悠里は立ち上がってダイニングへと向かう。

何か簡単に食べられるものはないだろうか、と冷蔵庫を物色すると、サラダと、それからチキンロールの皿があった。悠里の留守中に、和美が来たのだろう。

いつもなら腹立たしく思うのに、今日はなぜか気にならなかった。

何年もの間、ずっと気づかずにいた。

悠里は、けっして、和美のことを嫌いではないのだ。


奇妙な食卓だった。

肉体のない天也は、もちろん、食物を摂取する必要はない。それどころか、疲れることもないから、座ることすら必要なかった。

だけどあたしだけ食事するのは気詰まりだわ、と悠里が言い、じゃあ形だけでもと、天也は悠里の正面に腰を下ろした。

彼の前には、料理の皿と、冷水のグラス。

けっして手をつけられることのないそれは、オブジェとして並べられている。けれど、ただそれだけで一人で食べることの抵抗感が一気に薄れるのだから不思議なものだ。

デートのようでもあり、ままごとのようでもあった。

だから交わす会話も日常のことばかりだ。テレビ番組の話や、好きな食べものの話や。学校での些細《ささい》な出来事や噂話。

「……で、悠里は進路はどうするの？」

「うーん……どうしようかなぁ」

三年の夏だというのに、もうとっくに決めていなければいけない時期だというのに、悠里は何も決めてはいなかった。就職は考えていなかったから、とりあえずは進学するのだろう。理系は勉強大変そう、というイメージだけで文系のクラスを選んだから、文系の大学を選ぶことになる。高望みさえしなければ、自宅からでも通える学校はいくらでもある。

フォークの先で、サラダのラディッシュを軽くつつきながら、そうだ、と悠里は笑う。

「天也の代わりに、大学行ってあげる。どう？」

天也は少なからず面食らったような顔をして、いやそれは、と口ごもった。

悠里が代わりに行ったからといって、それがなんの役に立つわけでもない。そこにあるのは、単なる感傷だけだ。それでも死んでしまった人と話をするのなら、そんな〝感傷〟こそが一番価値があるような、そんな気がする。

「ねえ、志望校、どこなのよ？」

「えー……一応、心づもりとしては早稲田の理工学系だったんだけど」

「………」

今度は悠里が口ごもる番だった。

「なんでそんなとこ志望すんのよ？」

「いや、なんでって言われたって、一番やりたいことできそうだと思って」

「気が削がれたわ」

むっとして、悠里はフォークをテーブルに戻す。グラスを手に、うまく言葉にならない感情を水と一緒に飲み下す。

そもそも通っている高校の偏差値に差があるのはわかっていた。だから、予期できない返事ではなかったのだ――とりあえず。代わりに行ってあげる、というのももちろんちょっとした冗談にすぎなかったのだが、それでも、あからさまに差を見せつけられるのはうれしくはない。

「あのさ。自分の進路なんだから、誰がどこに行こうが関係ないと思うんだけどな。悠里は悠里のやりたいことを選べばいいんだよ。簡単な話だろ？」

「ほんと。簡単よね、言うのはね」

意地の悪い返答をした。

「あたしは天也とは違うもん。やりたいことがない場合は、何を選べばいいのよ？　世の中にはね、才能も知識もなーんにもなくて、自分の行き場を見失ってる人だって掃いて捨てるほどいるんだからね」

「……うーん」

天也はわずかに、不得要領な顔になる。自身のやりたいことがわからない、というその感覚が、天也にしてみれば理解の外なのだろう。

「あ、そうだ。天也が一緒に試験会場に来てくれれば、受験なんて楽勝じゃん」

「だめだよ」

「なんで？　だって、絶対バレないよ？」

「だから、言っただろ。悠里は悠里のやりたいことをやらなきゃって」

「やりたいことなんかないって言ったじゃん。聞いてなかった？」

「聞いてたけど」

悠里はわざとらしく息をついて、大仰に肩をすくめてみせる。平行線だ。

芝居がかった悠里の仕草にも、天也は気を悪くしたふうもなく、いつものように静かにほほえんでいるだけだ。他の誰かから聞けば説教くさいと思える言葉も、天也の口からはひどくやわらかなトーンで紡ぎ出される。

「腹が立つでしょ。あたしみたいに、やりたいこともないような人間が、のうのうと生きていて」

天也の将来の夢など知らない。それでも彼ならば――悠里のように惑うことなく、行くべき道を見つけていたに違いないのだ。

不公平――だと思う。

どうして天也のようなひとが死ななければならなかったのかと思う。

「べつに、腹は立たないよ。僕は、そりゃあ死んじゃったのは残念だけど、自分の人生を後悔はしていないし」

夏バテのせいなのか、空腹だったはずなのに、いざ食べてみるとろくに胃に入らない。

悠里は立ち上がって、食べかけの皿を冷蔵庫へと片づける。天也の皿をどうしようかと、少し悩んで、それも同じように冷蔵庫へと戻した。

「なんかさ。こういう言い方していいかわかんないけど、あんたむかつくよ、天也」

彼が悪いわけではないとわかっている。それでも、そうやって笑っていられると、自分がとてつもなくちっぽけな存在に思えてしまう。天也が、せめて年上であったらそんなふうにも思わなかっただろうが——同い年なのだから始末が悪い。

「死んじゃったのが悔しくないわけないじゃん。泣いたり愚痴ったり、そういうの普通でしょ。どうしてそんなふうに笑ってられるのか、あたしにはわかんないよ」

語調が強くなった。わずかに涙が滲んだ。自分のことでもないのに。

人生に執着しているつもりはない。刹那的に生きていても、それでも、死んでしまいたいとは思わない。もしも不慮の事故で死んでしまったら——悠里は、天也のようには笑えないに決まっている。

「そりゃ、死んだのは悔しいよ」

けれど言葉とは裏腹の、そのおだやかな表情では、少しも説得力がない。

「でも、僕は、今こうやって悠里といられるから、それでいいんだ」

「な……」

頬が赤くなるのを感じた。

口説き文句など、いくらでも聞いている。わざとらしい甘い台詞も、いくつも受け取ってきた。けれどどんな言葉も天也の紡ぐ言葉には勝てない。それは天也の想いのせいなのか。それとも悠里自身の想いのせいなのか。

「ついてこないでよね」

赤くなった顔を見られたくなくて、悠里は立ち上がると、ダイニングを出てリビングへと向かった。エアコンの正面のソファに腰を下ろす。火照る頬をなんとかしなくては。

「何か、気に障ることでも言ったかな？」

――無自覚だからこそ、手に負えない。

いつしか雨が降り出していた。

七月の雨は、無条件に嫌いだ。それが朝でも昼でも夜でも。

天也と過ごしているときくらい、おだやかでいたいと思う。彼のおだやかさにふさわしく。雨ごときに、過去の記憶ごときに、心を掻き乱されることもなく。

窓の外が一瞬明るくなって、そしてまた暗くなる。どぉん、と轟音。ずいぶんと雷が近い。

「何か映画でも観る？　おすすめ、いろいろあるよ」

ボリュームを上げて映画を観れば、雨の音など気にならなくなると思った。けれど天也は首を振って、もったいないよ、と言った。

「もったいないって、何が？」

「せっかく一緒にいるのに、映画に気を取られるのが、さ」

「それは……そうかもしれないけど」

恋愛なんて、いくつもこなしてきたつもりでいた。沈黙をもてあませば、じゃれ合いながら気まぐれに過ごすことにも慣れていた。

けれど天也との時間は違う。何もかもが違いすぎる。

彼には実体がないから、どれほど望んでも、触れることはできない。

ぬくもりを求めているわけではない。焦燥に駆られているわけでもない。ただ愛しさで伸ばした指が、行き場を見つけられずに彷徨《さまよ》うのがつらい。

あるいは触れたくなかったのかもしれない。触れようとしなければ、彼に実体がないことを忘れていられたから。

指先はわずかに躊躇して、何度も胸もとに戻される。触れられないもどかしさがせつない。

まるで初めての恋のようだ。

「きゃ……！」

窓の外で閃光《せんこう》とともに雷鳴が轟き、そして次の瞬間、ふっ、とすべての明かりが消えた。

「やだ、停電？」

何もかもが消えて、闇の深さに驚愕《きょうがく》した。いつもならば、部屋じゅうのすべての明かりを落としたつもりでも、光源はたしかにあったのだ。たとえば時計のデジタル表示や、各種電源アダプタのパイロットランプ。あの頼りない光たちが、闇に抗うだけの力を持っていたことに初めて気づく。

周辺一帯が停電しているのだろう、窓の外も暗い。ほんの一瞬だけ、わずかに遠く光っては消えていくのは、おそらく車のヘッドライトだろう。他には何もない。月明かりは厚い雲に阻まれている。

闇と、そして激しい雨音に塗りつぶされていく。

「天也？」

呼びかける声がふるえた。闇に怯《おび》えているのではない。彼の姿が見えなくなった、ただその事実に悠里は怯えている。この闇の中に、本当に天也はいるのだろうかと。

「大丈夫、ただの停電だ。怖くないよ」

悠里の不安に気づいているのかいないのか、相変わらずのおだやかな声で天也は言う。その声は思いがけず間近で、ささやきに近いその響きに膝の力が抜けた。かくん、と悠里はその場に座り込んだ。

「大丈夫？　何か踏んだ？」

「だ、だい、じょうぶ」

抱きかかえるかのように、空気がふわりと悠里を包む。支えて――くれているのか。しばらくすると、それでも目は闇に慣れてきた。ぼんやりと暗がりに溶け込む部屋。

「明かりがいるよね」

長い停電になりそうだ。もしかすると変電所に落ちたのかもしれない。玄関先の非常持出袋から懐中電灯を取り出した。スイッチを入れると、闇の中に、天也の姿がぽうと浮かび上がる。

「ちょっと待ってて」

非常時とはいえ、懐中電灯ではあまりに素っ気ない。たしかキャンドルがあったはずだと、悠里は自室への階段を上る。

たいして使うわけでもないのに、可愛いからというだけの理由で気まぐれに買ったアロマキャンドルやクリスマスキャンドル。机の上に乱雑に置かれていた中から、悠里は薔薇の形のフローティングキャンドルを選び出す。

それから台所へ行くと、普段は使わないクリスタルガラスの深皿を取り出して水を張った。大皿と小皿。リビングのテーブルの上に形よく配すると、悠里はキャンドルを浮かべて火をつけた。とびきり贅沢《ぜいたく》に、大皿には五個、そして小皿にはひとつずつ。

半透明の、薄紅の小さな花が、オレンジ色の火をうけて淡く光っている。

美しくカッティングされたガラスが、色と光とを乱反射させる。水面に、テーブルに、壁に、悠里の肌に。

「……さすがのセンスだなぁ」

感嘆したように、天也は言う。

「でも、いいの？　こういうキャンドルって高いんじゃないの。こんなにたくさん」

「いいの」

もともと、使う予定があったわけでもない。いつか特別のときに使おうと思ったまま放置されていたもので、そして紛れもなく、今は〝特別のとき〟なのだ。

「暑いね」

そうつぶやいて、同意を得られるわけもないと気づいて苦笑した。天也には関係ないのだ。温度も湿度も。

エアコンが停まってから、まだたいして時間が経っていないのに、部屋の中にはじっとりとした空気が充満している。

悠里はとびきりのグラスを選んで、よく冷えたティースカッシュを用意した。天也が飲めないことはわかっている。それでもふたつ。目の前に置かれるグラスに、天也もあたりまえのようにほほえんで、ありがとう、と言った。

そのやさしさが胸にしみる。

「こういう雰囲気だと、本当はお酒のほうが似合うんだろうけど」

ちょっとだけ背伸びをしてみたかった。大人になるまでにはまだ少しだけ時間がかかる。一緒に大人になってグラスを傾けられたらどんなに素敵だろうかと思う。天也が大人になる日は――永遠に来ないけれど。

「炭酸、ちょっとシャンパンっぽいじゃん。綺麗だよ、これ」

天也の指が、ついとグラスの縁をなぞる。その指先の動きに、まるで自身が撫でられたような気がして、鼓動が速くなった。

キャンドルから、ほのかに薔薇の香りが立ち昇る。

その芳香に、酔ってしまう。

酒などなくても酔えるのだということを、悠里は初めて知った。


一晩じゅう降るかと思っていたのに、雨は驚くほど早く通り抜けてしまった。

「スコールみたいだったね」

まだ停電は続いている。天也はゆっくりと立ち上がると窓辺に寄り、月が出ているよと言った。

「え、嘘」

いくらなんでもあの雨雲が、それほど早く霧散するはずもない。疑いながら悠里も歩を進め、窓を開けて夜空を見上げる。

雨上がりの匂い。

風が、ゆるゆると雲を流して、天空に不思議な模様を描いている。薄く濃く。墨絵のような。薄くなった雲の向こうに、かすかな切れ間に、円い月がのぞいている。周囲の群雲をほの白く染め上げながら。

「満月――だったんだ」

「外に出てみようか」

悠里の返事を待たず、ついと天也はウッドデッキに降りた。待って、と悠里は慌ててサンダルを履く。雨の残していった雫が、足裏にひんやりと心地よい。

「おいで」

そっと手をさしのべてくる天也の、その姿も月に染められている。

「少し散歩しようか。悠里に、見せたいものがあるんだ」

「え?」

歩き始めてほどなく、わずかに瞬きながら、街灯や周囲の家に光が灯った。やっと復旧したのか。

「どこへ行くの?」

「公園」

悠里の家から歩いていける公園は複数ある。散歩の行き先としては、たしかにふさわしい場所だろう。けれど、それと〝見せたいもの〟の関連がわからない。

雨上がりのせいなのか、人通りが少ない。ほとんど誰ともすれ違うことのないまま、公園へと辿り着いた。小高い丘の上にある公園だ。

（夜景？）

高台にある公園で、夜景の見えるデートスポットとしては、地元ではそれなりに有名な場所だった。

天也がそんな、誰もが知っているものを悠里に見せたがっているとは意外だった。もちろん二人で見る夜景は特別のものになるだろうし、ありきたりだと思っても感激はするだろうな、とも思いはしたけれど。

「誰もいないね」

雨のおかげだ。そうでなければ、おそらくたくさんのカップルで賑《にぎ》わっていたに違いない。

天也と並んで歩きながら、おや、と思った。道が違う。

「展望台、こっちだよ？」

すると天也は少し驚いたように、展望台？　と訊き返してきた。

「なんで？　悠里、展望台に行きたいの？」

「そうじゃないけど。この公園だったら、展望台に行くんだと思ったから」

考えてみれば、家を出たときにはまだ停電は復旧していなかったのだ。闇に閉ざされた街の夜景を、天也が見せたかったはずがない。

「はずれのほうにね、噴水があるんだ」

「中央じゃなくて?」

「うん。中央のより小さいけど、ちょっとした噴水。夜でもちゃんと動いてる」

遊歩道を歩いて、奥へ進んでいく。公園の中心部は夜でも明るかったが、歩いていくにしたがって街灯もまばらになり、ずいぶんと淋しい風景へと変わっていく。

「――ここだよ」

大きい、というほどでもないが、けっして小さい噴水ではなかった。足もとを照らすライトだけが、ぼんやりとあふれ出る飛沫《しぶき》を照らしている。周囲には小さなベンチがいくつか。

ぐるりと木立に囲まれた――隠れ家のような場所だ。

「こんなとこに、噴水なんてあったんだ」

「隠れスポットって感じだよね。設計者の趣味で作った噴水じゃないかな。それとも、公園の管理者の趣味なのかな、二十四時間、ちゃんと動いてる」

それから天也は空を見上げて、雲が晴れたね、とつぶやいた。つられるように悠里も空を見る。まだ晴天には遠い。けれど月は、くっきりとその輪郭を描いて、冴《さ》え冴えと輝いている。

こんなに明るい月もあるのかと、ため息が出た。

「ルナ・レインボウって、知ってる？」

「……え？」

「アフリカのさ、ビクトリアの滝なんかで見られるらしいんだよ。太陽じゃなくて、月の光で現れる虹。とびきり明るい満月の夜にだけ。その話を聞いて、ずっと憧れてたんだ。いつか、大切なひとと二人で見たいと思ってた——ほら」

月明かりが一段と強くなった気がした。

すいと伸びた腕が噴水に向けられる、その指先を追って、悠里は思わず息を呑む。

虹だ。

その色合いは淡く儚く、わずかでも目をそらしたら消えてしまいそうに思えた。

「このあたりに滝はないから。だから、いろいろ探してここに辿り着いたんだ。月明かりと水飛沫があれば見られるってものでもないけれど。でも、今の僕ならできるかなって。今は地上よりも天に近いから。少しでも高いところにある水だったら、きっと」

それが、この世の者ではないということなのか。

地上の人間には持ち得ない力で、悠里のために月の光を増幅したと——そう言うのか。

「すご……」

それは、なんという光景だったろう。

青白い月に照らされて、きらきらと輝く水飛沫。それを受けて揺らめく水面に映り込む月。互いを支える架け橋のように、浮かび上がる、七色の光。

おそらく、それは奇跡と呼べただろう。

悠里のためだけに、天也が起こした、ただ一度だけの奇跡。

「……ありがとう」

それを言うだけで精一杯だった。どんな言葉も、この光景の前では足りないと思った。

だったら言わないほうがいい。言葉という枷《かせ》で虹の印象を押さえ込んでしまわないように。

「悠里がいなかったら、きっと僕は虹のことなんか思い出さなかったと思う。これは僕の憧れの光景で——だから、お礼を言うのは僕のほうだよ」

きみが好きだから、と、幻聴のようにその言葉が響く。大切なひとと見たかった、と。悠里がいたからこそ、と。

涙があふれた。

すごいものをもらった、と思った。一日早いバースデープレゼント。この光景も、そして天也の気持ちも。

やがて虹は薄れ、月はいつもの光に戻る。

けれどこの気持ちは、永遠に続く気がした。目の裏に焼きついた月虹《げっこう》の記憶も。

永遠なんて、信じたことはなかったのに。


消えようと思う、と、天也がそう言ったのは、真夜中近くなってからのことだった。

悠里はすでに床についていて、あとわずかで眠りに落ちる、そんな瞬間だった。もし悠里が眠ってしまっていたら、天也はそのまま——耳もとにそっとささやいたまま、いなくなってしまったのではないか、そう思えるひそやかさで。

「消える？」

ベッドの中で身じろぎをし、怪訝な顔で悠里が問うと、そうだよ、と相変わらずのおだやかさで天也は答える。

「いつまでも死んだ人間が、こんなふうに生きてる人に関わってちゃよくないと思う。

だからね、僕は還《かえ》るよ」

「成仏するってこと?」

それはおそらく、一番〝あるべき姿〟であるはずなのに、素直に喜ぶ気にはなれなかった。やっと、こうやって話せるようになったのに、いなくなってしまうと、そう言うのか。

「成仏っていうか。よくわかんないけど。でも、もともと、こんなふうに悠里の生活に介入するつもりはなかったんだ。そっと見守っていたいとか、そう思っていただけで。だから、あるべき姿に戻ろうかな、って」

「勝手なのね」

筋は通っている。それでも、勝手だと思わずにはいられなかった。

「あたしのこと好きだって言って、感情だけ押しつけて、自分だけ満足して消えていくってわけね」

言いがかりだということはわかっている。そもそも、最初に天也の想いを告げたのは天也自身ではない。天也が悠里を好きだったのだと、そう言ったのは岸川だ。そして、天也を呼びつけたのは、悠里自身だ。

「悠里のことをずっと見てるよ。ずっと守るよ。それだけじゃ、だめなのかな」

「……ずっと？　あたしだけのそばに？」

「うん」

「あたしの、どこがそんなに？」

家族もいるだろう。親しい友人もいるだろう。なのに、彼らをさしおいてまで、そばにいたいと思うだけの何があるのか。

それが恋という名の幻想だということはわかっている。けれどそれでも――自身がそこまで思われる価値のある人間だとは思えなかった。

「去年の年末かな、僕が初めて悠里を見たのは。聞きたい？」

「うん。聞きたい」

悠里はベッドから身体を起こす。大切な話だ。きちんと、居ずまいを正して聞かなければ。

「悠里の学校って、スカートが短い子が多いでしょ。駅のコンコースで、何人かが、寒いねー、って話してるのが聞こえてさ。僕はずっと、あんなに短いスカートで寒くないのかなぁって思ってたから、ああやっぱり寒いんだ、って、なんとなくその会話を聞いてたんだ。そこに、悠里がいた」

「……それで？」

恋に落ちるようなシチュエーションとも思えない。たまたま目をやった先に悠里がいて、それで一目惚《ぼ》れでもしたというのか。そんな、岸川言うところの〝ありがちな恋〟だったのだろうか。

「うん、そしたら悠里が、寒いならスカート短くするのやめれば、って言ったんだよ。ミニスカートが寒いのなんて最初からわかってるじゃない、愚痴るんなら最初から穿かなきゃいいのよ、って。……憶えてる？」

「憶えてない」

けれど、いかにも自分の言いそうなことだとは思う。

「長いスカートとかジャージとか穿いてる子がそう言うならありがちなんだけど、悠里もスカート短かったからね。みんなが寒くて背中を丸めてる中、悠里だけはまっすぐに歩いていてさ。後ろ姿しか見えなかったけど、潔いなぁ、とか、粋だなぁ、とか、そんなふうに思った。それが最初」

「後ろ姿」

天也の部屋に、悠里の写真が飾られていたのを思い出す。あれもたしか後ろ姿だった。他にも悠里の写真はあったのに、あえて後ろ姿を選んだのは、それがすべての始まりだったからなのか。

あのファイルの最初のページが駅のコンコースだったのは、天也にとって特別な風景だったということなのか。

「そんなの、ただのやせ我慢じゃん。好きになるようなことなの？　それが？」

「やせ我慢でも、言える人は多くないと思うよ。少なくとも、僕は、すごいなぁと思った。きっかけなんて、それで充分じゃないかな」

見た目を好きになったと言われるよりは、遥《はる》かにうれしい。けれど惑うのも同時だった。少なくとも外面ならば誤差がない。けれど内面的なこととなると、どうやっても、想像と現実にはズレが出てきてしまう。

「あたしは粋でも潔くもない」

好きだと言われた、その事実を否定するような気がして――自身の存在を否定するような気がして、泣きたくなった。

天也が悠里をどんなふうに見ていたのかは知らない。それでも、日々のいら立ちや癇癪や傲慢さに振り回されてばかりの自分を、その本質を、彼が受けとめてくれるとは思えなかった。

天也に、どれだけ自分の幼稚さを見せつけてきたのか、と思って泣きたくなる。好きになってもらえるような日々は過ごしていない。

父に反発することも。和美を認めようとしないことも。ハルトと別れたときに、別れそのものよりも自身のプライドのために傷ついていたことも。

「幻滅したでしょ。あたしがこんなやつで」

悠里が自嘲気味にそう言うと、けれど天也はゆるゆると首を振った。僕はきみが好きだよと、何度もくり返された言葉をまた口にする。

「僕は死んでしまったから。僕の時間は、そのときのままで止まっているんだよ。死んだとき、僕は悠里を好きだったから――だから永遠に、好きでい続けられる。たとえきみが、どんなに僕の理想からかけ離れたひとであったとしても」

「そんなの」

永遠、という、その言葉が胸に痛かった。

「あたしは愛なんて信じていないのに」

永遠に続く愛などないと思っていた。人を好きになることなど、所詮自己満足と娯楽にすぎないと思っていた。なのに天也は、永遠を口にするのだ。大仰ではなく、わざとらしさも青臭さもなく、たださらりと、あたりまえのことのように。

生前に言葉を交わしたこともない、存在すら知らなかった天也が、永遠を連れて悠里の前でほほえんでいる。

「あたしなんかを好きになるなんて。ばかじゃないの。ばかじゃん、絶対に」

「そんなことないよ」

「だって、もし生きてたら、本当のあたしを知ったら、きっと気持ちは変わったじゃない。知らなかったからそんなふうに言えるだけで。永遠に続くって、でも、それはあたしのことを好きなんじゃなくて、ただ幻想が続いてるってだけのことじゃない」

「……そうかな」

天也は少しだけ考え込んで、それから、もし生きていたとしても、気持ちは変わらないと思うよ、と言った。

「多分。いや、絶対、僕は悠里のことを好きでいるだろうな」

「嘘」

「嘘じゃない」

「言ったでしょ？　あたしは、愛なんて信じてないんだから」

「……それ、本気で言ってるの？」

「言ってる」

信じてないから、つきあう男は外見で選んできた。どうせ続かないなら、周囲に自慢できるほうがいい。みんなに羨まれて、振り向かれるほうが気持ちいい。それの、どこに愛があるというのだ。

「でもさ。本当に愛を信じてないなら、どうしてお父さんのことを怒るのかなぁ」

「……え」

「僕には、悠里は、誰より純粋に愛を信じてるように見えるけど。それも、永遠に続く愛をさ」

「だって、あたしはパパを見て愛なんか信じないって思って」

反論しかけて、矛盾に気づいた。

そうだ。そうなのだ。本気で愛というものの存在を信じていないなら、父が誰とつきあおうが母を忘れようが、それを不快に思うはずがない。あたりまえのこととして受けとめていたはずだ。

「……ばか」

反射的に枕を天也に投げつけた。枕は天也をすり抜けて壁に当たる。初めてのことではないのに――実体がないのだからぶつけられないこともわかりきっているのに――どうして頭よりも身体が先に反応してしまうのかと思う。

「ばかばかばか！　思い出させないでよ！」

結局、悠里は淋しいのだ。

愛を注いで、なのにそれをかわされることを恐れている。

父ですら、母ですら、悠里のことなどまともに考えてはくれないのだ。なのに、他人に——何を求められるというのか。落胆するくらいなら、最初から思い切っていたほうが楽だ。所詮本物ではないのだと。

「悠里。悠里」

「僕は違うって、そう言いたいんでしょ。あたしのことを本当に好きだって。でも、だからなんだっていうの」

死んでしまったのに。触れることすら、かなわない相手なのに。

その事実が苦しくて、そして、悠里は自身の感情の深さに気づいた。今までに感じたことのない胸の痛み。愛されていると知っていても、それでもけっして癒されることのないせつなさ。

「好きなら、遠くから見てたりしないで、とっとと告白でもなんでもすればよかったのに。何も言わなかったくせして、そんなのって卑怯じゃない。あたし、今さら、何もできないじゃない」

もし告白されていて、つきあっていたとしたら。そうしたら、悠里は恋人を亡くしたことになる。泣くことに変わりはない——いや、今よりもっと、苦しかったかもしれない。

　それでもそんなふうに思うのは、天也があまりにもかわいそうだと思ったからだ。天也が――いや、違う。天也の〝恋〟がだ。

　たとえ最終的に引き裂かれてしまうものであっても。事実として、思い出として、恋の成就を――刻んでいてほしかったと、そう思うのは単なる感傷なのだろうか。

「――だって、言っても仕方ないと思ったから」

　少しだけ淋しそうな笑顔で、天也は言った。

「僕みたいに普通のやつが告白したって、悠里は絶対に恋人には選ばないでしょう。性格とか感情とか、そんなの、ちょっと会っただけじゃわからないんだから」

「それは――」

　そう、なのかもしれない。

　その頃の悠里にはハルトがいた。ハルトと別れて新たにつきあう、それだけの決め手が、天也にはない。少なくとも、第一印象という部分では。

　二股をかける、という選択肢もあっただろうか。いや、それだけの意義すら、悠里は見いだせなかっただろう。悠里は表面しか見ていなかったから。内面など、愛など、どうでもよかったから。

天也と悠里が、ともに歩む運命などなかったのだ——最初から。

彼が死ななければ、この恋は始まらなかった。

「そんなのってない」

かなわない恋などいくらでもある。望みの薄い恋も、いくらでもある。けれどもこれはあんまりだ。出会ったその瞬間から可能性がない。万にひとつどころか、億にひとつも。

残っているのは思い出だけだ。

誰とも語ることのできない、悠里の胸にしまうしかできない、この感情だけだ。

天也の日記を燃やしてしまったことを、今になって悔いた。あの中にどれほどの感情が書き連ねられていただろう。悠里への想いが。日々のつぶやきが。悠里の知らない生前の彼の、飾らない等身大の姿が。

「一緒にいてくれたって、話もできないなら意味ないじゃない。天也はそれでよくても——あたしは、見えも聞こえもしないひとを、それでもそばにいるから、なんて悟ったようなこと言えない。本当にあたしが大事なら、だったら、さっさと生まれ変わってきてよ」

言って、思わず苦笑した。いったいいくつ——歳が離れてしまうだろう。今すぐ彼が生まれ変わったとしても、十八は離れてしまう。赤ん坊になった彼が、再び成長するまで悠里は待てるのか。いや、待てないだろう。そんな根気を持ち合わせているとは思えない。

「一人で生きていけるほど、あたしは強くないんだからね。天也がいなくなったら、どうせすぐに新しい彼氏を作るんだからね。何もなかったような顔をして、結婚して、家庭を持って、そして」

恋人に、なれなくてもいい。

ただ、彼に再び、人生を与えてあげたかった。失われたはずの人生を。まっさらな人生を。

「——あたしの子どもになりなさいよ。産んであげるから。そうしたらもう一度、天也って、名前をつけてあげるから。ずっと、いつだって、そばにいてあげるから」

言いたいことはいくらでもあった。

今度はあたしが守ってあげるから。あなたのお母さんと同じ愛し方はできないけれど、あたしが愛されたかったように、ただひたすらに慈しんであげるから。親子だったら、恋人と違って、けっしてそのつながりは消えることはないのだから——。

けれど天也はゆるゆると首を横に振る。

「だめだよ」

「……どうして？」

「それは、きみの旦那さんになる人に、とても失礼なことだから――ね。僕の人生はここで止まっているけれど、きみは、きみの人生を生きなきゃいけないから」

「天也」

「僕のためじゃなくて。悠里は、悠里のために新しい恋をしないと」

「天也はそれでいいの？」

自分だったら言えない――と、悠里は思う。愛しいひとの中から、自身の存在が消えていくのが怖い。自身の中から――天也が消えていくのが怖い。

「あたしだけ努力しなきゃいけないなんてずるい。天也は笑ってるつもり？　あたしが天也を忘れていくのを、平気な顔で見てるっていうの。そんなのフェアじゃないよ。絶対に」

悠里の台詞をどう受けとめたのか、天也は少しだけ考え込んだふうで、そうだね、と静かに返した。

「……そうだね。生まれ変わるのもいいかもしれない。どうやればいいかはわからないけど、努力だけはしてみよう」

「でも、あたしの子どもには生まれたくないってわけね」

今度こそは恋人として出会いたいから、と、そう言われるのであればまだ救われる。けれど天也はけっしてそうは言わないだろうということもわかっていた。それは——悠里に、彼を待つことを強いることであったから。

(それでもよかったのに)

歳をとる。生まれ変わった天也が今の歳になる頃には、悠里はいったいいくつになってしまうのだろう。彼にふさわしい年齢でないことだけはたしかだ。それでも天也ならば——若くはない悠里を、受け入れてくれるに違いないと思った。

これもまた幻想なのだろうか。

恋という名の感情が、悠里に非現実的な夢を見せているにすぎないのだろうか。愛しくて悲しくて——息もできなくなるほどのせつない夢を。

「僕はきみの枷になりたくない」

「枷なんて」

「僕は死んじゃったけれど、きみは生きているからね。幸せに、ならなきゃいけない。それが一番うれしいよ。僕が好きになった悠里のままで。悠里らしく生きてくれることが」

「……」

自分らしさというのがなんなのか、悠里にはわからない。

それを、教えてもらいたかった。行くべき道を。可能性を。天也には見えているのだろう——悠里のあるべき姿を。

「どんな形で生まれ変わるかはわからないけれど、僕はきっときみを守るよ」

「やだ。やだやだやだ」

悠里は激しく首を振る。欲しい言葉はそれじゃない。彼が消えていくことを——認められるわけがない。

悠里はベッドから降りると、天也の正面に立った。手を伸ばせば届く位置にいるのに、けっして触れられない。そのもどかしさが喉もとにわだかまって、感情は何ひとつ言葉にならずに、胸に沈んで澱《おり》になっていく。ただ静かに降り積もって。

涙がこぼれて、頬をつたって、足もとに落ちた。

「七月は嫌い」

今までに何度、その言葉を口にしただろう。母が死んだことを、どれほど引きずっていただろう。でも今は違う。母の死は——もう過去のことだ。

一日や二日、ともに過ごしただけで、これほど人を好きになることがあるとは思わなかった。これほどひたむきに。

「天也が死んだから、七月は嫌い」

「僕は七月は好きだよ。悠里に会えたから」

——消えていくしかない出会いなのに。存在を認められない出会いでしかないのに。

悠里はそっと、天也の頬に手を伸ばした。感触など、どこにもない。それでも——

形だけでもと、彼の頬を両の手でそっとくるみ込む。

そのまま近づいて、そっと、空気に口づけた。

「……悠里？」

戸惑ったような天也に、悠里はほほえみかける。笑えているのだろうか。自信はなかった。止まらない涙は、ほほえみなどきっと打ち消してしまう。

「言ってなかったよね。あたし——天也のことが好きよ」

抱きしめてもらいたい、と思う。これが最期なら、最期にふさわしい思い出が欲しいと思う。

ずっとずっと、骨に刻んで遺せるほどの、消えない思い出が。

エアコンの風が弱くなった。ふわりと、あたたかな空気が動く。天也の腕が、空気が、悠里の身体を包んでいる。目を閉じて、そのあたたかさに酔いしれる。悠里、と、愛しい声が吐息のように耳もとに呼びかけてくる。

「ありがとう。きみが好きだよ。永遠に」

ふ、と気配が薄れた。

「……天也？」

目を開けると、そこに彼の姿はなかった。

「天也！」

悠里は部屋をぐるりと見渡した。いない。どこにも。

逝ってしまったのか。悠里を遺して。思い出だけを遺して。

ベッドサイドのランプだけが、室内をほのかに染めている。インテリアもオブジェも雑誌も、何もかも好きなものを詰め込んだつもりの部屋が、ひどく空虚に感じられた。彼がいなくなった、ただそれだけで。

きらめく夜空をデザインした、星の形の銀色の掛け時計が、かちりとその針を重ねる。

午前零時。

――誕生日、おめでとう。

幻聴のように、愛しい声が耳の端をかすめた。
それが、彼の声を聞いた最後だった。

8

誕生日の朝は、遅く目覚めた。

鏡を見ずとも、顔がひどくむくんでいるのがわかった。瞼が重くて、半分くらいしか開いていないような気がする。昨夜泣きすぎたせいだ。

外出する予定はなかったが、それでも、さすがにこの顔のままではみっともないな、と悠里は思った。身なりに頓着せずに一日を過ごすのは、少なくとも、〝悠里らしい〟とはいえない。

重い身体を引きずりながら、のたのたと階下へ降り、バスルームへと向かった。冷たいシャワーで身体をしゃっきりとさせ、Tシャツに着替えて、洗面台の鏡を覗き込む。

思った通り、ひどい顔をしていた。

「最ッ低の誕生日ね」

鏡の中の自分を睨みつけながら、悠里はつぶやく。

冷水で念入りに洗顔をして、それから化粧水をいつもよりもたっぷりパッティングした。少しはましになった——ような気はする。赤く充血した目ばかりはどうにもならなかったが。

ダイニングへ行き、冷蔵庫からオレンジジュースを取り出す。グラスになみなみと注いで、椅子に腰を下ろす。いつもの自身の場所ではなく、その向かいに。

昨夜はここに、天也がいた。

ぬくもりなど残っているはずもない。それでも、椅子に、彼が肘をついた（ように見えた）テーブルに、ついと指を這《は》わせてしまう。

悲しくてもつらくても、お腹はすくし喉は渇く。

それが肉体を有しているということだ。なのに、ただそれだけの事実が、悠里には悔しかった。

天也と同じになりたかった。

死にたい、と思ったわけではない。ただ、彼と何かを共有できる自分でありたかった。今のままでは、あまりにも、何も持っていなさすぎる。

冷蔵庫の中には、昨夜、天也のために取り分けた料理の皿が、手つかずのままに残っていた。

夢ではなかった、その証拠に。

ふうと大きくため息をついたとき、携帯電話が鳴った。ちりん、と小さな鈴の音。メッセージの着信音だ。


誕生日おめでとー！

夕方までバイトだけど、そのあとは暇だよー。パーティーとかやる？


彩花からだった。いつもだったらすぐにメッセージを返すけれど、今は、どうしてもそんな気分になれなかった。

そのままぼんやりと座っていたら、もう一度メッセージが来た。また彩花からだ。


もしかして忙しい？

それとも、先約とかある？


細切れの日常会話をやりとりするのはいつものことだが、こんなときだけはどうにもひどく億劫《おっくう》だ。電話してきてくれれば簡単に断れるのに、と、いっそこっちから電話をかけようかと思いかけて——やめた。バイト中なのかもしれない。

どうしようかと少しだけ悩んで、簡単なメッセージを返すことにした。ごめん風邪ひいたんだ、また今度ね。これでよし。

それは誘いを断るための方便にすぎなかったのに、けれどそう書いてしまうと、本当に自分が風邪をひいたような気になってしまうのが不思議だった。笑えた——といってもいい。

自分の単純さが、おかしかった。

もちろん、天也を忘れるために、彩花たちとばか騒ぎをするというのも選択肢のひとつだと思う。思うのだが——けれど——それでも。

(忘れたくないよ)

つらくても苦しくても。どうしてもその言葉に辿り着く。

(天也。あなたを忘れたくない)

彼は母とは違う。天也のことを、忘れない人はいくらでもいるだろう。天也の両親も、岸川も、それから友人の何人も。

それでも、その誰よりも、強く憶えていたいと——思う。

自身が一番、天也と過ごした時間が短いというのに。それでも。

クッションの山に埋もれて、ただぼんやりと音楽を聴いていた。

昨日、天也と言葉を交わしていたときに聞いた、彼の好きな音楽。悠里の知らなかったその曲を、思い出せる限りダウンロードした。

おとなしい曲が多かった。静かで、けれどドラマティックな音楽。そのまま映画のサントラに使われそうな、そんなイメージの曲。旋律の端々に、悠里は泣きそうになる。彼はこの曲を好きだった。好きだった。何もかもが過去形の彼。

おだやかなメロディーを破って、携帯の着信音が響いた。今度はメッセージではなくて電話。美也からだ。

「もしもし？」

「風邪ひいたんだってー？」

彩花から聞いたのだろう。けれど悠里の体調を気遣うというふうでもなく、いつもと変わらないテンションで、美也は言う。

「やー、寝込んでたらアレかなぁと思ったんだけどさ、でもどうせ枕元に携帯置いてるでしょ。だったらいいかなぁって思って。どうせ寝てたって退屈なだけじゃん。喉、やられてるようでもないしさ。これもお見舞いだよお見舞い」

日常に引き戻された気がして、悠里は少しだけ笑う。

「みーやん、予備校あったんじゃないの？」

「あー、あったあった。第一回の模試の結果が出てさぁ、一気にやる気失せちゃった。だから今日は自主休講。参ったよD評価だって。志望校変えるしかないかなぁ」

深刻な内容の割に、けらけらと美也は笑う。

「そろそろ悠里も志望校決めたほうがいいんじゃない？　そのうち学校でも模試やるよー。志望校、書かされるよー」

「決めてるよ。とりあえず早稲田は受けようと思ってる」

「わせだぁ？　何、冗談言ってんのよ」

「うん、まあ、そうなんだけどさ」

冗談――では、あるのだろう。実際自分が早稲田に受かるとは到底思えないし、そのための努力をできるとも思えない。それでも、せめて受けるだけでもと思ってしまう。天也が行きたかった場所。その世界を、ほんのわずか、垣間見《かいまみ》れるだけでもいい。

「万が一受かったら、いい男紹介してよ。……そろそろ休んだほうがいいんじゃない？　早く風邪治しなね。あ、あとそれから、動けるようになったらポストの中、覗いてみ」

「え？」

「んじゃあねぇ」

通話が切れて、慌てて悠里は窓辺に寄った。家の前に人影――美也だ。

悠里の視線に気づいたのだろう、美也は二階を見上げると、ひらひらと手を振ってみせた。そしてそのまま、背を向けて去っていく。

「なんでわざわざ、家の前で電話すんのよ？」

美也の家は遠くはなかったから、来ること自体はそう大変ではない。しかし、電話ですむ内容ならば何も家まで来る必要は――。

「あ」

美也の、最後の言葉を思い出した。『ポストの中、覗いてみ』

悠里は部屋を出て玄関へと向かった。外へ出て、ポストの中を覗き込む。数通の郵便物と、それから小さな包みがひとつ。

包みを開けると、てのひらに乗るサイズの、リボンのついた小袋と、それから一枚のカードが入っていた。

Dear ゆーり
はっぴーばーすでぃ！
from あやか&みや

袋を開けると、そこにはピアスが入っていた。

シルバーの小さなリーフの先に、きらりと光るブルートパーズ。

数日前につきあわされたショッピングで、彩花が悩んでいた——悠里はどっちがいいと思う？　と訊いてきた——あのピアス。

「あ……は。あははは」

笑った。笑えた。孤独だと思ってた自分がばかみたいだと思った。

（あたしの居場所——ちゃんとあるんじゃない）

どうして気づかなかったのかと思う。どうして、見えなかったのだろうかと。自分はなんて——鈍感だったのかと。

「ただいま、悠里」

間近から突然名を呼ばれて、うつむいていた顔を上げる。

「……パパ？」

　驚いた。立っていたのは、スーツ姿の父だった。出張から帰ってきたのだ。そう、確かに帰宅は今日の予定だった。でも。

「何。ずいぶん早いじゃん」

　まだ夕暮れには早い。こんな時間に父が帰ってくることは――出張というイレギュラーな要素を考慮してさえ――めずらしい。

「たまには悠里とご飯でも食べに行こうかなと思ったんだ。どうだ？　……あー、その、もちろん、友達や彼氏と約束がないようだったら、だけど」

　そうか、と、腑《ふ》に落ちた。

　父もまた、憶えていたのだ。悠里の誕生日を。そしてそれを憶えているということは――母の命日も、忘れてはいないということだ。

　結局、一人相撲だったのか。思い込みだけで、悠里は父の存在を拒絶していたのか。

「……そうだね。たまにはいいかも」

　そんな返事のできる自分が意外だった。

　意外だったのは、父も同じだったろう。驚いたような顔をして、そしてそれから――笑った。今までに見たことのない、うれしそうな表情で。

「何食べたい？」

「パパのおすすめの店に連れてってよ。高級なとこ。あたしが自腹じゃなかなか行けないようなとこね」

「センスが問われてるわけだな」

父は苦笑し、悠里も少しだけ笑った。

「待ってて。高級レストランにふさわしく、あたし、着替えてくるから」

言い置いて、悠里は家の中に駆け込む。

フォーマルでも大丈夫な、夏のドレス。どんな服があっただろうか、と、クロゼットを物色する。ガーリッシュな、ひらりとしたテイストの服はいくつも持っている。ワンピースでもセットアップでも。

その一着を、選び出すのは難しくはなかった。

淡いブルーのサンドレスに、白いレースのボレロ。

新しいピアスとよく合う色だ。

連れていかれたのは、西洋創作料理、という触れ込みの、こぢんまりとした隠れ家的な店だった。

父と面と向かって言葉を交わすのは、ひどく久しぶりの気がした。

誕生日だから、今日は特別だよ、と父は食前酒にシェリーを注文し、悠里にはノンアルコールカクテルをうながした。どんな味なのかは知らないが、名前が可愛いというだけの理由で、悠里はシャーリーテンプルというカクテルを選んだ。

「……ねえ」

初めての味に舌を湿しながら、まっすぐに、ただまっすぐに悠里は言う。

「パパは、まだママのことを好き?」

この問いを口にするのは、いったい何年ぶりのことだったろう。

父もまた、わずかにたじろいだように見えた。予想していたのかいなかったのか
——慎重に、感情を測っているように見えた。

「好きだよ」

返ってくる答えはわかっていた。そして、父もわかっていただろう。悠里が次に問う言葉も。

「和美さんと、どっちが好き?」

「比べても仕方のないことだろう。ママはもう、ここにはいないんだから」

ことん、と悠里はグラスをテーブルに戻す。そうだ。仕方のないことだ。それはわかっている——とっくにわかっていた。理屈では。

テーブルの上に、料理の皿が並べられていく。フレンチともイタリアンともつかない、けれど美しく並べられた、小粒の宝石のような料理たち。魚介のマリネに、シーザーサラダに、ポットパイ。

「悠里がママの思い出を大切にしてるのはよくわかってる。でも、パパは生きているから。だから、パパは、幸せになる努力をしなきゃいけない」

「知ってる。それ聞いた。とっくの昔に」

そして、あの頃の悠里は、父に腹を立てたのだ。母を置いて自分だけ幸せになろうとする父に。

『僕は死んじゃったけれど——』

耳に残る声。けっして、消せない声。

『きみは生きているからね。幸せに、ならなきゃいけない。それが一番うれしいよ』

ああそうか、と思った。

あのときの父は、今の悠里と同じだったのだ。

そして、悠里の目指すべき姿が、目前の父なのだ。

今はまだ、天也以外の誰かを好きになることなど、想像もつかない。それでも、誰かと恋に落ちてそれを成就させせたとしたら——遠く天上から、おめでとう、と天也は祝福してくれる。その表情だけは容易に想像できる。

母も、父の新しい恋を祝福しただろうか。それはわからない。あの母が、そんな殊勝なひとであったとは思えない。

それでも、父の姿に、以前のようないら立ちを感じることはなかった。ごく自然に幸せを語ることのできる父に、ただ胸が痛んだ。

（天也。天也。天也）

胸の奥で、何度もその名を呼びかける。消えていった彼の、想いを、祈りを、強く抱きしめていたいと思う。

（あたしは幸せになりたいよ）

天也のぶんまで幸せになりたいと。いつか、再び彼の魂に出会えたそのときに、堂々と正面に立てる自分でありたいと。

言葉を口にするとそのまま嗚咽《おえつ》になりそうで、悠里は無言のままでパイ生地を崩し、シチューの肉を口に運ぶ。驚くほど柔らかく煮込まれたそれは、口の中でとろりと溶けていく。

「悠里」

自身のことをまだ受け入れられていないのだと思ったのだろう、父は困惑の表情を浮かべて、悠里の顔を覗き込んだ。

「パパは、何を言えばいい？」

「――ママのこと」

やっと言葉が戻ってきた。

「話してよ。なんでもいいよ。パパがどんなふうにママのことを好きだったのか、それを教えて。どんなふうに出会ったのかとか、どんなデートしてたかとか」

「……………」

父は大きく息をついた。もちろん父の中でも、未だに整理されていない感情がいくつもあるのだろう。それを引きずり出すのが、酷であるのはわかっていた。

「ママは、そうだな、いつでもきらきらしてて、宝石みたいな人だったよ」

しばらくの沈黙ののち、ぽつりぽつりと父は語りだした。

「欠点の多い人だったし、少なくとも――そうだな、母親としては失格だったかもしれない。でもね、パパは本当にママのことが好きだったし、ママがそばにいるだけで元気になれる気がしたんだよ。パパが、やりたくてもできないようなことを、ママは笑いながら簡単にやっちゃうんだよな。それがね、まぶしかった。ずっと。今でもね」

話の内容は、どうでもよかった。

悠里はただ、母を語る父を見たかったのだ。その表情を。

亡くした人を語るのは、もちろん悲しくはあるだろう。それでも過去の思い出を語る父は、間違いなく愛しげでもあったのだ。

(——もういいや)

ふっ、と心が軽くなった。風化しない感情がそこにあるなら、もう、それだけでいい。

父の思い出話をひとつずつ聞きながら、静かに相槌《あいづち》を打ちながら、悠里は料理を口に運んでいく。華やかな味つけではないが、どれもみな、どこか癒《いや》されるようなやさしい味わいの料理だった。

最後のデザートはシャーベットで、それも料理と同じく充分においしかったのだが、悠里はわずかにふくれてみせた。

「ケーキは？　まさか、誕生日にケーキなしってこと、ないよね？」

店に対して文句があったわけではない。ただ、父に少しだけ意地悪をしてみたくてそう言ってみた。料理の旨い店を選ぶことはできても、デザートにまで気がまわらないのは、父らしい、と言えないこともなかったが。

「パパにはわかんないかもしれないけど、ケーキなしの誕生日なんてありえないんだからね。憶えといてよ」

「あー、じゃあ、帰りにどこか喫茶店にでも寄っていくか？　悠里の好きな店につきあうから」

「なんで、自分の誕生日に自分で考えなきゃいけないの。それじゃ特別の日にならないでしょ」

父が困るのは承知だった。悠里は軽く息を整えて、用意した言葉を胸もとに抱きしめる。

努めて平静に。自分にそう言い聞かせて、ゆっくりと口を開く。

「和美さんだったら、いいお店知ってるんじゃない？　今から呼んでよ」

言えた。声もふるえずに。

「……悠里？」

「あたしの誕生日、無視するようなひとじゃないでしょう？」

（もう――いいよね、ママ）

静かに笑えたそのとき、すべてのわだかまりが霧散して、何もかもが許せたような、そんな気がした。

生前の母のことも。父のことも。和美のことも。

——天也との別れさえも。

陽射しのまぶしさに、目を細める。

四十九日に、天也の骨は墓所に納められた。法要がすべて終わっただろう時間を見計らって、悠里は彼の墓前を訪れた。

彼を知る誰とも、会いたいとは思わなかった。天也との思い出を、悠里は何ひとつ口にはできないから。あの葬儀の日とは違う意味で、何も語れはしないから。

ただたしかなのは、彼がとても悠里を好きだったこと、そして悠里も彼のことをとても好きだった、その事実だけだ。生きて出会えなかった二人の恋は、ただ二人だけしか知らない。

八月も下旬にさしかかっている。あれから一月以上も経ったのだと、それを思うとなんだか不思議な気がした。天也と出会った——そして別れたあの日のことは、つい昨日のことのようにも思えるし、遥か昔のことだったようにも思える。

墓地というものは、どこも似ているのだろうか。母の墓参りをした日を思い出す。

あの日もよく晴れた暑い日だった。

墓前には花があふれている。

それがわかっていたから、花も何も携えてはこなかった。

夏の風に、ざざ、と頭上の樹が揺れる。深い緑の匂いと、あふれる花の芳香に、軽いめまいさえ覚えてしまう。

降り注ぐ蟬の声。けれどそれは、あの日の蟬とは違う。

「ねえ天也。これは、なんて名前の蟬?」

訊いても応えはない。あのとき、晩夏に鳴く蟬の名を教えてもらったはずだったのに、それがどうしても思い出せない。

「もう一度、教えてよ」

黒い服は着ていない。彼の死を、嘆くことはもうやめた。

手を伸ばして、そっと墓碑に触れる。指先で彼の戒名をなぞる。享年十八。その数字には、やはり胸が痛む。

「ねえ。さっさと生まれ変わって、そうしてもう一度、あたしに教えてよ」

努力する、と天也は言った。

どんなふうに生まれ変わっても悠里を守る、と、たしかにそう言った。

彼は約束を破るようなひとではない。だから遠からず、悠里はまた天也に逢える。

それがどんな形なのかはわからない。恋人同士――は、望めないだろう。運命は意地悪だから、思いもかけない再会を用意しているに違いない。たとえばある日、幼い女の子が、その歳に似つかわしくない大人びた表情で悠里に笑いかけてくるかもしれない。

彼が再び、男の子としての生を受けるとは限らない。人として生まれてくるかさえ。けれどきっといつか、天也は悠里のもとに戻ってくる。

犬や猫や小鳥や。そんな形で生まれ変わってしまった天也を、見つけだせる自信はなかった。だから見つけてもらうのだ。どれほど歳を重ねても、一目で悠里とわかってもらえるように、悠里らしく――精一杯悠里らしく生きて。

そして天也の魂と出会えたそのとき、まっすぐ正面に立てる、そんな自分でありたいと思う。

逢いたかったわ。そう言って、にっこりと笑おう。彼が――どんな姿に変わっていても。

七月が再び訪れても、もう泣かない。

彼に出会えた奇跡を、宝物のように胸に抱いて歩いていく。そう決めた。

悠里は空を見上げた。なんてまぶしい空。天也はここにいるのだろうか。それとも、もうすでに、新たな生命を手に入れているのだろうか——再び悠里に出会うべく。

（天也。天也。あたしはここよ）

せつなさに胸が痛んでも、次の瞬間、それは未来への希望に変わる。きっと逢えるから。そう、約束したのだから。

白い蝶がひらりと舞って、悠里の肩先にとまる。ひらりひらり。触れようとすると、すいと離れて逃げていく。

いつもの遊歩道を往きながら、悠里はその蝶を追っていく。ついては離れ、離れてはつくその蝶は、まるで悠里を誘っているようだ。

途中で見失ってしまったけれど、それにはかまわず悠里は歩いた。目的地はすぐそこだ。

広場に辿り着いて、悠里は噴水前のベンチに腰を下ろす。

昼の光の中で見る噴水は、ずいぶんと印象が違う。けれど、何度訪れてもあの夜の記憶は褪せないばかりか——いっそう鮮明になっていくから不思議だ。

これもまた、彼の残した奇跡なのだろうか。

どれほどぼんやりと座っていただろう。ふと気づくと、見失ったとばかり思っていた蝶が、また舞い戻ってきていた。ひととき、遊ぶように悠里の周囲を羽ばたいたあと、噴水に向かって飛んでいく。

きらきらと輝く水飛沫のその中に——蝶が悠里の視線を誘ったその場所には——。

鮮やかに、虹が架かっていた。

「天也？」

思わずこぼれたその呼びかけに、返事のあるわけもない。

ざざ、と風が吹いて、流されるように蝶は飛んでいく。

悠里はその蝶を、追いかけようとはしなかった。あれがもし天也だというなら、追わずともまた逢える。必ず。

何度でも、どれほど姿を変えても、天也は必ず悠里に逢いに来る。

葉擦れの音を聞きながら、悠里はうっとりと目を閉じた。蝶の命は短い。彼は次に、なんの姿を携えて悠里に逢いに来るのだろう。植物に宿ることもあるのだろうか？

この風に、土に、水に——悠里をとりまくすべてのものの中に、彼の生命は、想いは、息づいていくのだろうか？

天也の存在が、想いが、今はこんなに近しい。

世界中が天也になって、だから悠里は、何もかもを愛しく抱きしめたくなる。

そして、幸せになりたいと強く願う。愛しいひとに、愛しい空気に、やさしく全身を包まれながら。


淡いラベンダー色のペディキュアに、お気に入りの白いサンダル。

歩き出すその足どりは、羽根のように軽い。

いつでもこうやって歩きたいと思う。美しく整えた足もとで。軽やかに、けれどしっかりと大地を踏みしめながら。

往く道はまだ知らない。惑うこともあるだろう。引き返すこともあるだろう。それでも、どんな道を選んで歩もうとも、道の先々で必ずあのひとに出会うと知っている。

それさえわかっていれば、どんな道でも往ける気がした。

背筋を伸ばして。顔を上げて。愛しさを身体中に詰め込んで。

ただまっすぐに。

――どこまでも。

あとがき

この作品が最初に出版されたのは二〇〇六年です。

再版にあたって、うーむうーむ、と、予想外に悩むことになりました。

理由は一つ、時間がたってしまったから。

発表当時の作品紹介では、主人公の悠里は『イマドキの女子高生』と書かれていたのですが、今の時間軸ではイマドキじゃないですもん。

(当時の私はすでに高校生とは程遠い年齢で、その頃の女子高生事情に明るかったわけでもなかったので――つまり流行りのタイプを主人公にしようという意図はなかったので――その『イマドキ』のキャッチコピーは自分の中では釈然としないなぁ、と思っていたのですが、それはまた置いといて)

私が書きたいものは多分に古典的というか『スタンダードたり得るもの』で、悠里というキャラクターも、イレギュラーに見えて、実は根っこの部分ではすっごいスタンダードなんですよね。

人の気持ちの難しさ、想いのバランス、気づき、訣別、許し。

物語にもキャラクターにも、そういう普遍的な要素を詰め込んでいます。

流行のものはいつ廃れてしまうかわからないので、もともと時代を特定できるような要素はダイレクトには書かない主義なのですが（たとえばファッションとかスイーツとか流行語とかね）、それでもこうして世界は変わってしまうのだなぁ。

たとえば学校のパソコン室で調べものをするとか、ＣＤやＤＶＤをレンタルショップで借りるとか、そういう時代はすっかり過ぎ去ってしまったんだな、と遠い目になっています。

とにかく圧倒的に違ってしまっているのは携帯端末ですね。あの頃はスマホはなかったし、携帯電話だってみんながみんな持ってる訳じゃなかった。そうするともう、友達との連絡手段とかつきあいかたとか、がらっと変わってきちゃう。

大人になった悠里があの頃を回想するような形にするのはどうか、と編集氏からご提案いただいたりもしたのですが、それもねぇ。技術が進歩して生活様式が変わるたびに改訂するわけにはいかないのだし。スマホだっていつまで続くかわからないもの。

なので、現在の技術レベルに準拠する、というよりは、多少時代が変化しても違和感なくイメージできるよう心がけて変更を入れています。ある意味あいまいに。フレキシブルに。

あとは、常識のアップデートというか、社会的な価値観の変化を受けて変更した部分もあります。これも難しかった！

旧版をお持ちの方は、読み比べてみると面白いかもしれません。

改訂版も気に入っていただけるとよいのですが。

ツールが変わって、人のつきあいかたが変わっても、人間の本質はそれほど変わらないだろうな、ということをよく思います。

今はＳＮＳでいつでも友達と連絡がとれるけれど、それでも疎遠になってしまうこともあるのだし。

便利さや手軽さは昔と今とでは全然違うけれど、結局のところ、それぞれの時代でそれぞれのベクトルの悩みや大変さがあって、それを支えているのは、自分を、誰かを、大切に想うというシンプルな感情なんですよね。

どれほど時代が変わっても感情をテーマにした物語が廃れないのは、どんなに時が流れても、人の想いの根幹は変わらないからなのだと思います。

ただ、舞台が少し変わるだけで。

そうして私たちは、唯一を求めながらも、同時に不変のものを求めて、共感したり泣いたり悩んだりするのでしょう。

この物語は、過去かもしれないし現在かもしれないし未来かもしれない。

私たちの想いは、遠い過去にも遥か未来にもつながっているのかもしれない。

だからこそ、大切なものはなくさないように胸の奥にしっかりと抱きしめて、未来を向いて歩いていきたいと思うのです。


永遠へ、ようこそ。

二〇二五年二月　　飯田雪子

本書は二〇〇六年九月にヴィレッジブックスより刊行された作品に加筆・修正し、再編集したものです。

この物語はフィクションです。
登場する人物、団体、事象等は実在するものとは一切関係ありません。

著者紹介　飯田雪子

静岡県出身。1994年『忘れないで：FORGET ME NOT』で第1回ティーンズハート大賞を受賞し作家デビュー。恋愛小説の名手として人気を博し、2006年に上梓した本作『夏空に、きみと見た夢』は「号泣必至のラブストーリー」としてシリーズ累計10万部を超えるベストセラーとなった。

ハーパーBOOKS+

夏空《なつぞら》に、きみと見《み》た夢《ゆめ》

2025年3月25日発行　第1刷

著　者　飯田雪子《いいだゆきこ》

発行人　鈴木幸辰

発行所　株式会社ハーパーコリンズ・ジャパン
東京都千代田区大手町1-5-1
04-2951-2000（注文）
0570-008091（読者サービス係）

印刷・製本　中央精版印刷株式会社

ISBN978-4-596-72704-6

ハーパーBOOKS＋
好評既刊

にじゅうよんのひとみ

吉田恵里香
ErikaYoshida

24歳の誕生日に現れたのは、
1時間に1歳ずつ成長する、
「もう一人の私」

連続テレビ小説
『虎に翼』
脚本家が描く
心ゆさぶる24時間。